目次

桃色の街で

第一章　番台のバツイチ熟女

1

今朝越したばかりの自宅アパートが見えてきた。

田端俊介《たばたしゅんすけ》は腕時計を見た。

「おうっ、十一時前だっ」

十一時前に帰宅できたなんて、いつ以来だろうか。昨日までだと、まだ郊外に向かう私鉄の電車の中だろう。

やはり、越したのは正解だった。

これまでは会社のある新宿《しんじゅく》から私鉄で四十分、そこからバスで十分。軽く一時間以上はかかっていた。残業は当たり前だから、会社を出るのははやくて十時をまわっていた。

だから、いつもアパートに着くのは十一時をまわっていた。

それがきつくて、家賃は上がるが、思いきって、新宿の駅から快速で六分という町に越してきたのだ。家賃は上がるとは言っても、出せる金額には限界がある。このあたりだと、どうしても風呂《ふろ》なし物件しかなかったが、越してきたアパートには、銭湯の回数券がついていた。これが決め手だった。

桃風荘《ももかぜそう》

築四十年はありそうな古い二階建てのアパートだ。六部屋あり、俊介が借りたのは、一階の真ん中だ。

鍵《かぎ》を開けて、中に入る。古い畳の匂いがする。安い物件だから、とうぜん畳の張りかえはない。

すぐに、窓を開ける。上着を脱ぎ、ネクタイをゆるめる。静かだ。

上からどすんどすんと音がした。

えっ、なにっ。

どすんどすんが止まらない。畳の上で跳ねているようだ。

うそだろうっ。

はやく帰宅できて、くつろいだ気分が台なしになる。

どすんどすんは続いている。古い建物ゆえに、かなりみしみしという。天井が抜け落ちるんじゃないか、と心配する。

いい物件を見つけたと思ったが、やっぱりアパートは住んでみないとわからない。特に、夜の状況は読めない。

あまりにひどく、温厚な俊介も苦情を言おうと部屋を出た。どんなやつが住んでいるのか、とりあえず顔を見たかった。

外階段を上がり、真ん中の部屋のドアの前に立つ。中からダンスミュージックのようなものが聞こえている。あれを聞きながら、踊っているのだろうか。

ドアをノックする。が、音楽はやまない。恐らく聞こえていないのだろう。

今度は、こんばんはっ、と大声で呼びかけながら、強くノックした。その瞬間、音楽がやんでいた。こんばんはっ、という声がやけに響いた。

ドアが細く開いた。

肌がちらりとのぞいた。汗ばんだ女性の肌だ。

「こんばんは、下に越してきた田端俊介といいます。ご挨拶《あいさつ》にうかがいました」

と言うと、ドアが開いた。

俊介は目を見張った。

汗まみれの女性が立っていたのだ。しかも、スポーツブラとスパッツだけだった。

年は二十七歳の俊介と同じくらいだろうか。なにより美人で、スタイルは抜群だった。スポーツブラがパンパンに張っていた。

「あら、下に越してこられたんですか」

「はい。今朝」

引っ越しの日くらい休んでもいいと思うのだが、午後から出社するように言われて、今帰宅したわけだ。

「ごめんなさい。ずっと空いていたから、下には誰もいないと思って……うるさかったでしょう」

「いいえ、そんな……」

俊介は汗まみれの美人に見惚《みと》れていた。美人からは、甘い汗の匂いがしていた。

さっきまではこの物件にして失敗だと思っていたが、今は成功だと思った。

「河村麗《かわむられい》といいます。新宿の会社に勤めています」

「僕といっしょだっ」

「あら、そうなんですね。郊外に住んでいたんだけれど、会社が残業つづきで、いつも午前様になるので、思いきって高円寺《こうえんじ》に越してきたんです」

「僕もそうなんですっ」

「あら。同志ね」

と言って、右手を出してきた。

えっ、これって、握手ということか。

手が汗ばんでいないか、とためらったが、そもそも相手は汗まみれなのだ。

右手を伸ばすと、麗がしっかりと握ってきた。

「よろしくね」

と、麗が笑顔を見せる。スポーツブラからのぞくバストの谷間に、次々と汗の雫《しずく》が流れている。

「こ、こちらこそ、よろしくおねがいします」

俊介は一発で、麗に惚《ほ》れていた。

「これから銭湯に行くんですけど、いっしょにどうですか」

「行きますっ」

「じゃあ、着がえるんで、下で待っていてください」

と言われ、はいっ、と返事をした。

俊介は外階段を降りていく。どすどすの音で怒ったことなど、あっさりとどこかに飛んでいた。

自室に戻ると、俊介はワイシャツやスラックスを脱ぎ、Tシャツと短パンに着がえた。

すると、ドアがノックされた。麗さんだっ、と思っただけで、股間が疼《うず》いた。

ドアを開くと、タンクトップにショートパンツ姿の麗が立っていた。

胸もとが高く張っている。かなりの巨乳だ。それでいて、二の腕はほっそりとしている。ショーパンから伸びたナマ足もすらりとしていた。

「回数券、持ったかしら」

「あっ、忘れてましたっ」

そう言うと、うふふ、と麗が笑う。

俊介はあわてて六畳間に戻る。まだなにも段ボールから出していなくて、回数券もどこにあるかわからない。今夜は銭湯に行くつもりではなかったから、用意してなかったのだ。

が、今は違う。なにがなんでも麗と銭湯に行きたい。同じ回数券を使って、同じ桃風荘の住人としての絆《きずな》を深めたい。

「お邪魔します」

と、声がして、麗が六畳間にやってきた。

まさか、いきなり大人の女性が俊介の部屋に入ってくるとは。

自慢ではないが、俊介は彼女いない歴イコール年齢だ。大学入学とともに、九州から上京し、ひとり暮らし歴も十年近くになるが、母親以外の女性が部屋に入ってきたことはなかった。

まさか引っ越し初夜で女性が、しかも美人で巨乳が入ってくることになるとは。

「あら、本当に越してきたばかりなのね。ああ、なるほど。朝越してきて、すぐに出社したのね」

「そうなんですよ。午後から出ました」

「私の会社も似たようなものよ。そうそう。私もそうだったな」

畳に膝《ひざ》をついている俊介は、麗を見あげる形となる。

すらりと伸びたナマ足をもろに堪能《たんのう》できる。ショーパンは裾《すそ》を大胆に切りつめたもので、太腿《ふともも》のつけ根ぎりぎりまで露出している。

ちょっとでも股間がずれれば、パンティがのぞきそうだ。

麗のナマ足から、甘い匂いが薫ってくる。汗ばんだまま立っていた。銭湯に行くわけだから、軽く汗を拭《ふ》いて出てきたのだろう。

「私も探しましょうか」

と言って、麗がしゃがんだ。踵《かかと》にぷりっと張ったヒップを置き、そばの段ボールのテープを引き剝《は》いでいく。

今度は麗の上半身を横から見る。

汗ばんだ二の腕が悩ましい。タンクトップの胸もとが前に張り出している。

「これは服ですね」

と言って、ほかの段ボールのテープを剝いでいく。

「あっ、ありましたっ」

書類を入れていた段ボールに回数券が入っていた。

「桃《もも》の湯《ゆ》利用券」と書かれた回数券の十枚つづりが三冊あった。

「桃の湯っていうんですね」

「そう。この桃風荘のオーナーの親戚《しんせき》がやっているらしいわ」

「そうなんですね。だから、無料で提携できたわけか」

銭湯代はこみで、家賃は変わらなかった。

「行きましょう」

と、ふたりで部屋を出た。

歩いて三分のところに、桃の湯はあった。

「いらっしゃい」

と、番台の女性が迎える。三十代半ばくらいだろうか。なかなかの美人だった。

「おねがいします」

美人だとなんか変に緊張してしまう。

てっきり、おっさんが番台に座っていると思っていたからだ。

「あら、新しい住人の方ね」

「はい。今日、越してきました」

脱衣場には、ふたりの男がいた。どちらも若かった。意外だった。都心近くの銭湯は年寄りばかりというイメージがあったからだ。

ふたりは服を着ると、出ていった。脱衣場で、俊介はひとりだけになる。そうなると、なんか番台の美人の目が気になる。

向こうは男の裸なんて見慣れているだろうが、童貞の俊介は、女性の前で裸になったことなどないのだ。前でとはいっても一対一ではないから意識しすぎなのはわかっていたが、Tシャツ短パンを脱いだあと、ブリーフがなかなか脱げない。

女性の前で脱ぐのがはじめてで恥ずかしいのもあるが、半勃《だ》ちしているのも関係していた。微妙に勃っているペニスを見られるのが恥ずかしい。

「あら、スタイルいいのね。くびれ、素敵ね。うらやましいわ」

番台の熟女が女湯のほうを見てしゃべっている。恐らく、麗の身体を見ているのだ。今、壁の向こうで麗はタンクトップを脱ぎ、ショーパンを脱ぎ、パンティも……。

「あら、あなた、すごいわね」

と、熟女の声がした。

向こうを向いている間にブリーフを脱ぎ、さっさと風呂場に入ろうとしたが、ブリーフを足首まで下げたところで声をかけられた。

「りっぱだわ」

と、熟女が言う。

「えっ……」

ペニスをもろに見られていた。中腰になって、ブリーフを足首から抜こうとしたところで、股間を隠せない。

俊介のペニスは完全に勃起していた。麗がパンティを脱いでいるところを想像した瞬間、一気に天を衝《つ》いたのだ。

「よく言われるでしょう」

「えっ、い、いや……」

俊介は返事に窮した。

熟女が、あら、という顔をする。まずい。童貞だとばれたのか。でも童貞だとばれて、なにか困ることがあるのか。

「あなたのお友達、りっぱよ」

番台の熟女が麗に向かって、そう言った。彼氏には見えなかったのか。年が近いから、彼氏だと思われてもいいはずなのに。

2

湯船は広々としていて最高だ。しかも、独占状態だ。

壁の向こうでも麗が全裸で湯船に浸《つ》かっていると思うと、勃起が鎮まらなかった。

「もうすぐ出ますっ」

と、女湯から麗の声がした。これはいっしょに出ようということだ。

「はいっ。僕も出ますっ」

と、返事をして、俊介は湯船から出た。

替えのブリーフを穿《は》こうとするが、勃起が鎮まらなくて、なかなか入らない。

それを番台の熟女が見ている。見られていると、よけいに小さくならない。

どうにかブリーフの中に押しこめ、短パンを穿き、Tシャツを着ると、銭湯から出た。

すでに麗は出ていた。

替えのタンクトップを着ていた。ショーパンは同じやつだ。洗い髪が背中に流れている。

湯あがりの肌はほんのりピンク色に上気していて、たまらなく色っぽかった。

麗がちらりと俊介の股間を見た気がした。いや、気のせいだろう。

「アイス、食べたくなったわ」

と、麗が言う。麗が棒アイスを舐《な》めている姿が浮かび、ドキンとなる。

「近くに喫茶店があるの。行きましょう」

と言って、麗が歩き出す。

路地から商店街のアーケードに入る。十一時を過ぎていたが、けっこうにぎやかだ。昨日まで住んでいた郊外の町は、この時間はひっそりとしている。

やはり都心のそばは違う。それに、さっきも思ったが、若い人が多い。

「若い人がけっこういますね」

「そうね。このあたりは、けっこう古いアパートが多いの。風呂なし物件が多いから、銭湯もけっこうあるの。古いアパートは家賃が安いから、若者が借りやすいのよ」

喫茶店に入った。チェーン店ではなくて、昭和の喫茶店という雰囲気だ。

まあ、俊介自身、昭和の喫茶店を知っているわけではなかったが。

「いい感じでしょう。ここ、好きなの。よく来るのよ」

「昭和レトロが好きなんですか」

「そうね。好きかも。桃風荘にしたのも、それが大きいかな」

いらっしゃいませ、とウエートレスがやってきた。

コップに入った水を置く。

タッチパネルがないぞ。

「あの、オーダーのパネルは？」

と、俊介が聞く。

と、ウエートレスが怪訝《けげん》な顔をする。かわいい。ウエートレスがかわいいことに気づいた。ポニーテールがよく似合っている。

番台の熟女といい、ウエートレスといい、美形ぞろいだ。

「バニラアイスをください」

と、麗が言う。

「あの、オーダーのパネルは？」

「あちらのメニューから、おねがいします」

と言うと、ウエートレスがテーブルに身を乗り出して、奥にあるメニューを取ろうとした。

ウエートレスは白のTシャツを着ていた。ただでさえぴたっとしたTシャツが、身を乗り出したことで胸もとに貼《は》りつき、なかなか豊かなバストラインを俊介の目の前で強調させることになった。

いきなり目の前にあらわれた魅力的なバストラインに、俊介は思わず見入ってしまった。

「はい、どうぞ」

「えっ」

と、メニューを渡され、俊介はウエートレスの胸もとをガン見していることに気づく。

「ああ、すみません……」

俊介はあわててバストから視線をそらし、メニューを見る。ウエートレスは立ち去らずに待っている。

そうなるとあせる。同じものを、と言おうとしたとき、

「銭湯帰りですか」

と、ウエートレスが麗に聞いた。

「そうなの。回数券で行ってきたのよ」

と、麗が答える。

「回数券……桃の湯ですよね。そんなのあるんですか」

「桃風荘の特典なの」

「へえ、桃風荘ですか」

「この近くのアパートよ」

「その回数券代って？」

「ただなのよ。回数券のぶん、家賃が上がることはないの」

麗が大家みたいになっている。

「へえ、そうなんですね」

「部屋、空いているわよ。田端さんの隣、空いているわよね」

と、麗が俊介に聞いてくる。

「えっ、ああ、空いてます」

「そうなんですね。いいなあ」

くるりとした目をきらきらさせている。こんなかわいい子が隣に住んでくれると最高だ。上が麗、隣がかわいいウエートレス。一気にパラダイスとなる。でも、こんな若い子が、あんなボロアパートに越してくるだろうか。

「レトロな雰囲気がいいわよ」

ものはいいようだ。ボロアパートではなく、レトロ。うそではない。

「そうなんですね。昭和レトロ、好きなんですよ」

ウエートレスは両手を胸もとで組んで、声を弾ませている。

そして、愛らしい目で俊介を見つめていた。ドキンとする。

「あ、あの……ご注文は？」

そうか。注文は、と見つめられただけか。

「同じものを」

と、俊介は答えた。

バニラをスプーンで掬《すく》い、麗が唇へと運ぶ。すぐに口に移すのではなくスプーンに乗せたバニラをピンクの舌で舐め取っていく。

ぺろぺろと舐めていく。ピンクの舌や唇が白く染まる。

あらぬことを想像し、俊介は生唾を飲みこむ。

「おいしいわよ。田端さんもはやく食べて」

はい、と俊介もスプーンで掬い、バニラを口へと運ぶ。確かにおいしい。

「おいしいです」

そうでしょう、と麗が笑顔を見せる。

なんかデートみたいだ。いや、これは同棲《どうせい》ではないか。いっしょに銭湯に行って、帰りにいっしょにバニラアイスを食べる。このあとはアパートに戻るだけだ。

彼女いない歴年齢の俊介は、とうぜんデートの経験もない。思えば麗の部屋を訪ねたときにした握手が、大人の女性とのはじめての肉体接触だと思った。握手が接触というのも情けないが、接触には変わりない。

「あの子、越してくるといいよね」

「はい」

アイスを食べたあと、アパートに戻り、郵便受けの前で別れた。名残惜しい俊介は、思わず外階段を上がる麗を見あげた。

ナマ足を見たいわけではなかったが、自然とすらりと伸びた脚線が目に入ってくる。

麗が階段の途中で足を止めた。

「足、珍しいかしら？」

「いや、ああ、すみません……つい……」

いや、つい、じゃないだろう。

「つい？」

「いや、違うんですっ」

「おやすみなさい」

バイバイと手を振って、麗がナマ足とともに俊介の視界から消えた。

俊介はふうっと息を吐いて、自室に入る。

疲れた、と擦りきれた畳に寝転ぶ。

天井が目に入る。その上には麗がいる。

パジャマに着がえているだろうか。麗はどんなかっこうで寝るのだろうか。ロングTシャツ一枚か。それとも、パンティだけか。ブラはするのではないのか。ノーブラ派か。

天井を見つめつつ、いろいろ想像していると、また勃起してしまう。

3

「ああっ……」

と、女性の艶《つや》めいた声が聞こえた。

空耳か。麗のエッチな姿を想像していて、エッチな声が聞こえた気がしたのか。

「はあっ、あんっ」

今度は、はっきりと聞こえた。

えっ、と俊介は起きあがり、耳を澄ます。

「あ、あんっ、やんっ、だめ……そこ、だめです」

隣だ。左隣から聞こえる。

俊介は薄汚れた壁に向かい、耳を押しつける。

「あ、あんっ、だめだめ……あんっ、健一《けんいち》さん、だめよ」

艶めいた女が男の名前を呼ぶ。

隣の住人はカップルなのか。でも、女の声しか聞こえない。

「あ、ああっ、お尻はだめっ、お尻はいけないわっ」

お尻っ。

どういうことだ。男が女の肛門を舐めているのか。それとも、入れようとしているのか。

「あう……うう……だめ……クリをおねがい……たくさん、舐めて……」

女の声はますます艶めいてくる。

しかし、かなり壁が薄い。隣がカップルだとして、こんな声を毎晩聞かされたら、たまらない。

俊介の目が、小さな穴を捉えた。

のぞけるのでは。いや、だめだ。のぞきなんて、だめだ。

「あ、ああっ、入れてっ、ああ、健一さんのおち×ぽ、入れてくださいっ」

女の声は股間にびんびん来る。とうぜん、俊介のペニスはこちこちになっている。

気がついたときには、節穴に目を押しつけていた。

いきなり、白い裸体が目に飛びこんできた。

布団が敷いてあり、シーツの上に全裸の女が仰向《あおむ》けになっていた。しかも両膝を立てて、大胆に開いていた。

ちょうど、こちらに向けている形となり、女の恥部がもろ見えだった。

おうっ。

部屋は明るく、よく見えた。

俊介は目を見張った。生まれてはじめて見る、ナマのおま×こだった。もちろん、ネットでは見ていたが、リアルははじめてだ。

女は右手の指で割れ目を開き、左手の人さし指でクリトリスをなぞっていた。

あからさまなおま×こは、真っ赤に燃えていた。

ああ、生きているよ。動いているよ。

肉の襞《ひだ》がざわざわと蠢《うごめ》き、俊介に向かって誘っているようだ。

「ああ、健一さん、はやく入れて……じらさないで……」

女は割れ目を開いたままだ。

俺に見せつけている……いや、それはないだろう。たまたまだ。

隣の部屋には、全裸の女しかいなかった。エッチではなく、オナニーだ。

邪魔な男がいないのはよかった。むしろ、隣の女は男を欲しているのだ。

女がクリトリスをいじっていた指を、あらわな穴に入れていく。そして、かきまわしはじめた。

「あ、あんっ、いや、もっと太いのがいいの」

そう言うと、女が中指も入れていく。二本の指で、媚肉をかきまわしている。

「あ、ああっ……」

股間からぴちゃぴちゃと音がしてくる。まわりが静かだから、よく聞こえる。

「いや、指はいや……おち×ぽ、ああ、瑠衣《るい》は健一さんのおち×ぽが欲しいの」

女は瑠衣というらしい。彼氏は健一か。どうしてここにいないのだろう。

「ああ、おち×ぽ、おち×ぽが欲しい」

女が両膝を立てたまま、上体を起こした。顔にかかった乱れ髪を梳《す》きあげる。

ああ、いい女だ。

年は三十くらいだろうか。麗より年上で、番台熟女より年下の感じだ。

長い黒髪が似合っている。細身だが、乳房は豊満だ。乳首がつんととがっている。

瑠衣はこちらを見つめている。目が合った気がして、ドキンとなる。のぞかれていることに気づかれたのか。まさか。

瑠衣はすぐに視線を横に向け、シーツに手を伸ばした。そこにはバイブが置かれていた。勃起したペニスそっくりのバイブを美貌《びぼう》に寄せると、先端にちゅっとキスした。

俊介は自分の鎌首にキスされたような錯覚を起こし、ぶるっと腰を震わせる。

瑠衣は舌を出すと、ねっとりと先端に這《は》わせていく。その間も両膝は開いたままだ。が、割れ目はすでに閉じていた。

瑠衣の恥毛は薄く、閉じた割れ目は剝《む》き出しだった。

瑠衣がまたこちらを見た。正面に目を向けただけだろうが、俊介を見ている錯覚を起こす。

瑠衣は唇を大きく開くと、鎌首を咥《くわ》えた。うんうんと悩ましい吐息を洩《も》らしつつ、反り返った胴体も咥えていく。

俊介は短パンを脱いだ。ブリーフから、鎌首がはみ出てしまっている。我慢汁だらけだ。

俊介はバイブをしゃぶる瑠衣を見ながら、自分のペニスをつかむ。ゆっくりとしごく。

瑠衣が唇を引きあげた。バイブが唾液でぬらぬらとなっている。

「ああ、健一さん、おち×ぽ、入れて」

火の息を吐くようにそう言うと、瑠衣がバイブを股間に向けた。

ああ、入れるのか、あれを。けっこうデカいぞ。

野太く張った先端が割れ目に触れた。

瑠衣はすぐには入れずに、先端を割れ目にそって上下させる。

「あんっ、いじわるしないで、健一さん……あんっ、入れて」

瑠衣はこちらを見ながら、そう言う。瑠衣の瞳は妖《あや》しく潤んでいる。唇はずっと半開きで、顔を見ているだけでも、あらたな我慢汁が出てくる。

入れるよ、瑠衣。

俊介は自分が健一になった気分になる。

先端がずぶりと入った。

「あ、ああっ」

どんどん入っていく。デカかったが、関係なかった。

一気に奥まで入れると、うう、と瑠衣があごを反らす。いったような顔だった。AVなみにエロいいき顔だった。

いき顔を見ただけで、危うく射精しそうになった。

瑠衣がバイブのスイッチを入れた。

「あ、あああっ、あああっ」

割れ目から出ている部分が、グィングィン動いている。中で同じように動いているのだろう。

瑠衣はさらに、自分でもバイブを前後に動かしはじめる。グィングィンとかきまわしているバイブに抜き差しまで加える。

「いい、いいっ……おち×ぽ、いいのっ。健一さんっ、もっと突いてっ」

瑠衣は上体を起こしたままで、バイブでずぼずぼ突いている。

その瞳は宙を彷徨《さまよ》っている。

のぞき穴の俊介を見ているのではなく、この場にいない彼氏を思って宙を見つめているようだ。

こんないい女を放《ほう》っておいてやらないなんて、なんて贅沢《ぜいたく》な男なのか。それとも、俊介以上にブラックな会社に勤めているのか。

「ああ、健一さん、どうして……天国に往《い》ったのっ……ああ、瑠衣も連れていってっ……瑠衣も天国に連れていってっ」

どうやら、彼氏は亡くなっているようだ。

「ああ、瑠衣、いきそう……ああ、連れていってっ……ああ、健一さんっ、瑠衣もいっしょに天国に連れていってっ……あ、ああっ、いく……」

瑠衣は上体を反らせ、バイブを咥えこんだ股間をぐっとせり出しながら、汗ばんだ裸体を痙攣《けいれん》させた。

その瞬間、俊介も放っていた。薄汚れた壁に、ザーメンがかかっていく。

4

翌朝、目を覚ますと、壁に目を向けた。

どうしてものぞきたくなる。見てはだめだと思いつつ、壁に近寄ると穴をのぞいた。

あれっ、見えないぞ。

穴を間違えたか、と思ってつぶさに壁を見たが、ほかに穴はなかった。ということは、向こうを塞がれたということか。やっぱりのぞかれていたことに気づかれていたのだ。だから、塞いだのだ。

まずい。お隣さんと会わせる顔がない。

が、悩んでいる暇はない。誰よりもはやく出社して、掃除をしなくてはならない。

俊介は二年前に今の会社に入った。大学を出て入った会社がホワイトで、このままでは社会人としての力がつかないと思い、思いきって転職したが、今度はブラック企業だった。

人間は贅沢なもので、ホワイトだとキャリア形成を心配してしまう。そして転職して、大変な目にあっている。

俊介はスーツを着ると、鞄《かばん》を手に部屋を出た。

するとちょうど左隣のドアも開き、瑠衣が出てきた。ゴミ袋を持っている。

Tシャツにジーンズというラフな姿で、すっぴんだった。

「おはようございます」

と、瑠衣のほうから挨拶してきた。

「お、おはよう、ございます……」

昨晩、バイブオナニーを見ていただけに、俊介はよけい緊張した。

しかし、昨晩とかなりギャップがあった。昨晩は色気の塊に見えたが、早朝に見るすっぴん姿は、さわやかだった。

「あの、昨日、隣に越してきた田端俊介といいます。よろしくおねがいします」

「花村《はなむら》瑠衣です。よろしくおねがいします」

と、頭を下げる。漆黒の長い髪が胸もとに流れる。Tシャツの胸もとは、高く張っていた。

えっ、もしかしてノーブラ。

豊満なバストの形がTシャツ越しにもろにわかり、なにより乳首のぽつぽつが浮き出していた。

「あの……昨晩、なにか……ご迷惑、かけませんでしたか」

と、瑠衣が聞いた。

思わず、ノーブラバストに見入っていた俊介は、えっ、と視線を顔に戻す。

「いいえ、なにも……」

「そうですか……なにか迷惑なことがあったら、おっしゃってくださいね」

迷惑どころか、興奮しまくりだったのだが。

のぞいていたこと、知っていましたか、と思わず聞きそうになる。

「あの、燃えるゴミは火曜と金曜ですから」

そう言うと、瑠衣が先に歩きはじめた。

長い足を運ぶたびに、ぷりぷりとうねるジーンズのヒップラインをつい見つめていた。


その夜、桃風荘に戻ったときは午前零時近くになっていた。週末はいつも以上にブラック度が増していた。

天井を見るも、どすどす言わない。そうなると寂しい。麗は桃の湯に行っているかもしれないと思い、俊介はTシャツと短パンに着がえると、アパートを出た。

桃の湯はまだやっていた。

「いらっしゃいっ」

番台には熟女美人が座っていた。

「まだ、大丈夫ですか」

「金曜の夜は、午前零時半までよ」

「そうですか。間に合ってよかった」

と、回数券を渡す。

「お友達、来ているわよ」

と言う。麗のことだろう。

俊介はTシャツを脱ぎ、短パンを脱ぐ。番台から視線を感じたが、今夜はすばやくブリーフを脱ぐことができた。

半勃ちのペニスがあらわれる。麗が来ていると思ったら、すぐに半勃ちとなったのだ。

りっぱだ、と昨晩言われて、自信となっていた。

「いつもそこは元気ね」

番台の熟女がそう言う。

「そこは、というと？」

「いえ、顔色はよくないわよね。お仕事、大変なんでしょう」

「わかりますか」

「わかるわよ。ここに座って、いろんな人の顔とおち×ぽ見ているからね」

「ち×ぽも……」

「とにかく疲れているみたいだけど、そこが元気なうちはまだマシね。完全にアウトになると、私が裸になっても、ぴくりともしなくなるから」

「裸に……」

むくむくっと七分勃ちまでになる。

「あら、うれしいわ。私の裸を想像して、大きくさせてくれたのね。ああ、なんか、急に恥ずかしくなったわ」

番台の熟女が頬《ほお》を染めて、恥じらうように上体をくねくねさせた。そんな姿を見て、俊介は完全に勃起させていた。

「あら、わかりやすいのね。あなたと話すときは、おち×ぽまる出しのまま話すと、いろいろわかるわね」

ゆっくり浸かって身体を休めてね、と言われ、ありがとうございます、と俊介は洗い場に入った。

身体を洗っていても、まったく勃起が鎮まらない。確かに仕事は大変だったが、この町に越してきて、股間は元気になっていた。

もともと元気だったが、リアルな女性と接して、さらに元気になっていた。

肩を揺すられた。

「起きてっ」

と、声をかけられ、目を開くと、番台熟女の顔があった。

「あっ……」

俊介は湯船に浸かったまま、眠っていたようだ。

「ぜんぜん出てこないから、湯あたりしているんじゃないか、心配したのよ」

「すみません」

俊介はあわてて立ちあがった。

しゃがんでいた番台熟女の前に、勃起したペニスがあらわれた。

「あら、どんな夢見ていたのかしら。お友達とエッチしている夢かしら」

そう言うと、番台熟女がちゅっと先端にキスしてきた。

「あっ……」

不意をつかれ、俊介は声をあげる。

番台熟女はすぐに唇を開くと、ぱくっと鎌首を咥えてきた。

「ひやっ」

と、素《す》っ頓狂《とんきょう》な声をあげてしまう。ふたりだけの男湯に響く。

あっ、麗に聞かれてしまう。

「あの、麗さんは？」

「お友達は帰ったわよ。そもそも、もう店じまいなの」

そう言うと、すぐにまたぱくっと鎌首を咥えてきた。

くびれで唇を締めて、じゅるっと吸ってくる。

「ああ……」

気持ちいい。フェラチオって、こんなに気持ちいいものなんだ。

番台熟女は鎌首を吸っていたが、そのまま唇を下げはじめた。反り返った胴体を呑《の》みこみ、うんっ、と悩ましい吐息を洩らしつつ、根元まで頬張ってくる。

「あ、ああ……そんな……」

番台熟女はTシャツにショーパン姿だ。Tシャツの胸もとは高く張り、太腿は熟女らしくむっちりとしている。

「ご主人がいるんでしょう。まずいですよ」

そう言うと、番台熟女が唇を引き、

「バツイチなのよ」

と答えた。

「奈津《なつ》っていうの。あなたの名前は？」

と、ペニスを咥えたあとに、名前を聞いていた。

「田端俊介といいます」

「俊介さんね。名前も知らないおち×ぽを、しゃぶっちゃったわね」

うふふ、と笑うと、すぐさまペニスにしゃぶりついてくる。瞬く間に、俊介のペニスが奈津の口の中に包まれる。

「ああっ、ああっ」

バツイチだと聞いて、俊介は安心した。しゃぶっているところを旦那《だんな》に乗りこまれたら、修羅場になったからだ。

安心すると、よけい奈津のフェラに感じた。先端からつけ根まで甘くとろけるようだ。

「うんっ、うっんっ」

奈津はち×ぽに飢えていたのか、貪《むさぼ》るようにしゃぶってくる。

気持ちいいのはよかったが、初フェラに、はやくも出しそうになる。

「ああ、奈津さん、気持ちよすぎますっ」

暗に出そうです、と訴える。そうすると、やめてくれると思ったのだ。が、逆だった。うんうんうめきつつ、奈津の唇の上下が激しくなってくる。

「あ、ああっ、だめですっ」

出そうになり、さすがに口の中はまずい、とあわてて腰を引く。

奈津の唇から抜け出たペニスが、鼻先で弾む。奈津が見ている前で、どろりと大量の我慢汁が出た。

奈津はそれをぺろりと舐め取ってくる。

「ああ、我慢のお汁、久しぶりだわ」

「離婚してどれくらいなんですか」

「一年半かしら。旦那が女を作ってね。はじめてじゃなかったの。それがゆるせなくて」

「そうなんですね」

奈津のような色っぽい女性を奥さんにしても、ほかの女を欲しがったりするものなのか。

「別れたことは後悔していないんだけど、おち×ぽがそばにないのが、つらい夜がけっこうあるの」

そう言って、またあらたな我慢汁を舐めてくる。

「ああっ……」

我慢汁舐めでも暴発しそうだ。

「俊介さん、はじめてよね」

と、奈津が見あげ、聞いてくる。

「はい。はじめてです」

と、とても素直に告白した。相手がバツイチの熟女だからだろうか。すべてを委《ゆだ》ねたいといった気持ちになる。

「じゃあ、出したほうがいいわね」

と言うと、またもぱくっと咥えてきた。根元まで咥えこむと、強く吸ってくる。

5

「ああ、出ますっ。だめです。出ますっ」

我慢汁舐めでも、出しそうだったのだ。根元から吸われたら、ひとたまりもなかった。

構わず、奈津は吸ってくる。

「あ、ああ、あああ……」

射精する。ああ、射精するっ。ティッシュのことを考えなくていいなんて……あ、ああっ、いくっ。

「おうっ」

と吠《ほ》えて、俊介は射精させた。ティッシュではなく、女性の穴に、口だったが、出していた。

どくどく、どくどくと凄《すさ》まじい勢いでザーメンが噴き出す。

「う、うう……」

奈津は一瞬、上気させた顔をしかめたが、すぐにうっとりとした表情になり、童貞男の飛沫《しぶき》を喉で受け止める。

なかなか脈動が鎮まらない。それでも、奈津は受け止めつづけてくれる。

「ああ、奈津さん……」

はじめての女性はバツイチ熟女に限るのでは、と俊介は感激していた。

ようやく、脈動が鎮まった。

奈津が唇を引いていく。七分勃ちまで縮んだペニスは、ザーメンまみれだ。

「すみません。たくさん、出してしまって。湯船から出て、ぺって吐いてください」

奈津は膝立ちのまま、湯船から出ない。

あごを反らすと、白い喉をごくんと動かした。

「えっ、飲んだんですかっ」

驚く俊介の前で、奈津が唇を開いてみせる。ザーメンがたまっているはずの口の中はピンク色だった。

「おいしかったわ」

「奈津さんっ」

抱きしめたかったが、彼氏でもないのに、抱きしめるのはどうか、と思って、思いとどまる。

「洗ってあげるわ」

と言うと、奈津は立ちあがり、湯船から出る。ショートパンツは、ずぶ濡れとなっている。

「これ、脱いじゃうね」

と言うなり、湯船から出ようとする俊介の前で、奈津がショーパンを下げていく。こちらにお尻を向けた形で脱いだため、プリッと張った尻たぼがいきなりあらわれた。

そう。奈津はＴバックのパンティを穿いていた。

奈津のＴシャツにＴバックだけのうしろ姿に、俊介は昂《たかぶ》る。

奈津が振り向いた。

「あら、すごいわね、出したばかりなのに」

奈津が目を見張る。俊介のペニスは、たった今、奈津の口に出しまくったのがうそのように、びんびんに勃起させていた。

「奈津さんが、色っぽいから」

「うれしいわ」

と、奈津が反り返ったペニスをつかむ。

「ああ……」

つかまれただけで、俊介は腰をくねらせる。

「そこに座って」

と、奈津がプラスティックの丸椅子を指さす。

俊介は言われるまま、丸椅子に座った。正面は鏡になっていて、背後に立つ奈津の姿が映っている。

「これも脱いじゃおうかな」

と言うなり、Tシャツの裾をたくしあげていく。

「ああ、奈津さん……」

お腹《なか》があらわれ、黒のブラに包まれた胸もともあらわれる。そして両腕を上げて、腋《わき》の下を見せつけながら、奈津がTシャツを頭から抜き取った。

黒のブラはハーフカップで、たわわな熟れ乳が今にもこぼれ出そうだ。

奈津は鏡越しに、ウインクしてみせる。

俊介は美熟女のウインクに悩殺される。ペニスがひくひく勝手に動く。

「これも取るね」

と言って、奈津がブラを取った。たわわに実った乳房があらわれた。すでに乳首はとがりきっている。

「じゃあ、洗うわね」

と言うと、奈津がボディソープを乳房に垂らす。豊満なふくらみから深い谷間へとボディソープが流れていく。

奈津はすぐさま、ボディソープをひろげていく。なんか、乳房を愛撫《あいぶ》しているように見える。実際、感じるのか、はあっ、とかすれた吐息を洩らしている。

乳房が泡まみれになると、奈津が背後から抱きついてきた。

ああ、おっぱいで、洗ってくれるんだっ。

さらにペニスがひくつく。

奈津は、はあっと熱い吐息を俊介のうなじに吐きかけながら、乳房で背中をこすってくる。と同時に、前にまわした手のひらで、胸板も洗いはじめる。

乳首をなぞられ、あっ、と声をあげる。

「あら、乳首、感じるんだ」

と、耳もとで囁《ささや》くと、奈津が左右の乳首を強めにこすってくる。

「はあっ、ああ……」

と、奈津が火の息を洩らす。

「奈津さんも乳首、感じてますね」

鏡の中の奈津を見ながら、俊介は聞く。

「はあっ、ああ、感じてるわ……ああ、男の人の背中、気持ちいいの……乳首いじりも感じるわ」

そう言いながら、俊介の乳首を摘まみ、こりこりところがしはじめる。

「あっ、それっ」

俊介は上半身をくなくなさせる。うしろはおっぱい、前は乳首いじり。俊介の身体は熱くなる。

奈津が乳房の泡を右手に塗《まぶ》す。なにをするのか、と思ったら、そろりと尻を撫《な》でられた。

「あっ……」

ぞくぞくした快感に、俊介は丸椅子に乗せた尻をくねらせる。

奈津の指が尻の狭間《はざま》に入ってきた。もしかして、肛門を……と思ったとき、そろりと尻の穴を撫でられた。

「あっ……そこっ」

「ちょっとお尻を浮かせてみて」

と、奈津が言う。言われるままに浮かせると、奈津の指が尻の穴に忍んできた。

「あっ、ああっ」

「痛いかしら」

「いいえ……大丈夫です」

ちょっと痛かったが、すぐに痛みは消えた。変な感覚になる。

「お尻の穴って、日本人って、たいていウォシュレットで洗っているでしょう。だから、毎日、お尻の穴を開発しているんですって」

そう言いながら、尻の穴をいじってくる。

「あ、ああ……そうかもしれません……ああ、なんか気持ちいいです」

「そうでしょう。もっとお尻を上げて、前屈《まえかが》みになって」

と、奈津が言う。俊介はあらたな刺激への期待に、言われるまま、恥ずかしいかっこうを取る。

すると奈津が尻たぼをぐっと開き、顔を埋《うず》めてきた。あっ、と思ったときには、尻の穴を舐められていた。

「あっ、そこっ……汚いですっ」

今、石鹸《せっけん》でいじったあとだから、汚いことはないかもしれないが、肛門を舐めるなんて、やっぱり汚いと思ったのだ。

奈津はそのままぺろぺろと舐めている。そして、とがらせた舌先を尻の穴に入れてきた。

「ああっ」

ペニスがひくつき、あらたな我慢汁がどろりと出てきた。

奈津は尻の穴の中を舌先で突きつつ、右手を前に伸ばして、ひくつくペニスをつかんできた。ゆっくりとしごきはじめる。

「ああっ、そんなっ、ああ、気持ちよすぎますっ」

銭湯でまさか、こんな責めを受けるとは思ってもみなかった。童貞男には刺激が強すぎて、ずっと腰をくねらせつづけている。さっき一発出していなかったら、今、即発射だっただろう。

奈津が手と舌を引いた。俊介は尻を捧げたままでいる。

「お尻、下げていいわよ」

と、ぱしっと尻たぼを張られた。

「あんっ」

と、思わず女の子のような声をあげてしまう。

奈津が前にまわってきた。

「前も洗うわね」

俊介の目の前で乳房にあらたなボディソープを垂らし、乳房全体に泡立てていく。

「はあっ、ああ……」

奈津が妖しい瞳で俊介を見つめつつ、泡立てる。

「あ、あの……」

「いいわよ。おっぱい、触りたいんでしょう」

「はいっ。ありがとうございますっ」

と、礼を言うなり、俊介は両手を泡まみれの乳房に伸ばしていた。鷲《わし》づかみにする。

「はあっ、ああ……」

奈津が火の喘《あえ》ぎを洩らす。

俊介はこねるように、熟女の乳房を揉《も》んでいく。

ナマの乳房はやわらかい。揉みこむたびに、形を変える。

「あ、ああ……気持ちいいわ……ああ、おっぱい揉まれるなんて、二年ぶりよ」

「離婚して一年半ですよね」

こねるように揉みしだきつつ、俊介は聞く。おっぱい揉みがよすぎて、手を離せない。

「ああ、半年くらいレスだったのよ……旦那はほかの女のおま×こに……ああ、おち×ぽ入れていて、私には入れなかったの」

「そうなんですね」

こんないい女とレスだったなんて、なんて贅沢な野郎なのか。まあ、そいつがほかに女を作ったから今、こうして俊介が奈津の乳房を揉むことができていると言える。世の中は、まわりまわるものだ。

「ああ、おっぱいだけじゃなくて……あそこも触ってみたいでしょう」

「みたいですっ、あそこ、触ってみたいですっ」

「いいわよ」

奈津が乳房をつかんで放さない俊介の右手を取り、股間へと導いていく。

「指、入れてみて」

はい、とうなずき、人さし指を奈津の恥部に向けていく。奈津の陰りは濃く、べったりと貼りついている。その中に入れていく。

指先にぬかるみを覚えた。ここだ、とそのまま入れると、ずぶりと肉の襞の連なりの中に入っていった。

「ああっ」

奈津が火の喘ぎを洩らす。

「どうかしら」

「熱いです。おま×こ、すごく熱いです。それに、ぐしょぐしょです」

「ああ、俊介さんの乳揉みが上手だから、感じちゃったのよ」

「そうなんですかっ」

きっとお世辞だろうが、それでもうれしい。実際、奈津の媚肉は大量の愛液でどろどろだった。

「もう一本、入れていいですか」

「ああ、指はもうじれったいわ。このずっと勃ってるおち×ぽを入れて」

そう言うなり、奈津が丸椅子に腰かけている俊介の腰を白い太腿で跨《また》いできた。ペニスを逆手で持ち、先端を固定させると、腰を落としてくる。

あっという間に、鎌首がおんなの粘膜に包まれた。

童貞卒業だ、と感慨に耽《ふけ》っている時間はまったくなかった。気がついたときには、おま×この中にあった。そのまま腰を落としてくる。ずぶずぶと垂直にペニスが入っていく。対面座位だ。

「あうっ、うんっ」

奈津があごを反らし、両腕を俊介の首にまわしてきた。完全に繋《つな》がると、唇を寄せてきた。

口と唇が重なり、すぐさま舌が入ってくる。

キスだっ。これはキスだっ。

キスよりフェラからの口内発射を先に体験していた。

奈津の舌がねっとりとからんでくる。唾液が甘い。なにより、舌をからませる感覚が気持ちいい。

しかも今、ペニスは先端からつけ根までおま×こに包まれているのだ。

おま×こに包まれているだけでも最高の刺激なのに、そのうえベロチューまで加わり、俊介の身体は上から下までとろけている。

「うんっ、うんっ」

奈津は俊介の舌を貪りつつ、たわわな乳房を胸板に押しつけ、そして繋がっている恥部をぐりぐりと押しつけてくる。

奈津は舌と乳房とクリトリスとおま×この刺激を享受していることになる。さすが熟女だ。欲深い。

が、ここからが本番だった。

奈津が上下に動きはじめたのだ。

「あっ、ああっ、いい、いいっ」

奈津のおんなの穴を、俊介のペニスが出入りする。鎌首近くまであらわになったかと思うと、ずどんっと垂直に落としてくる。そしてまた、おま×こを引きあげ、ずどんっと落としてくる。

情け容赦ない上下動だ。

「いい、いいっ」

奈津は髪を振り乱してよがり泣く。男湯に反響する。

「あ、あああっ、奈津さんっ」

たまらなかった。すぐに暴発させていないのが奇跡だ。

「はあっ、あああっ、突いてっ、突きあげてっ」

「えっ、そんなことしたら……出ます」

「大丈夫よっ。さっきたくさん出したでしょう」

「で、でも……」

「ほらっ、突きあげなさいっ。そうしないと、次はないわよっ」

「えっ、次もあるんですか」

「突きあげたら、あるわ」

そうなのかっ。今夜だけじゃないのかっ。

突きあげよう。俺のち×ぽで奈津をいかせよう。

俊介は渾身《こんしん》の力で突きあげた。先端が子宮に当たる。

「ひいっ」

一発で奈津が絶叫し、しがみついた裸体を震わせる。

もしかして、いった……俺のち×ぽでバツイチ熟女をいかせたのか。

「ああ、やめないでっ、どんどん突いてっ」

いってなかったようだ。が、これだと思い、俊介は奈津の腰をつかみ、激しく突きあげる。

「ひ、ひいっ……いい、いいっ」

奈津の豊満な乳房がたぷんたぷんと揺れる。

奈津自身も上下に動いているため、相乗効果でかなりの刺激となっている。出そうだ、奈津は喜んでいるが、俊介は気持ちよさに溺《おぼ》れているわけにもいかない。

と突きの動きをゆるめる。

「あんっ、だめ。出していいから、そのまま激しく突いて」

「出していいって、中出しですかっ」

と、思わず叫ぶ。

「そうよ。いいから、突いてっ」

中出しオーケーと言われて即発射しそうになったが、ぐっと堪《こら》えて、とどめの一撃を見舞う。

「ひ、ひいっ……」

と、奈津が叫ぶ。が、まだいってはいない。

俊介が先にいきそうだ。

いや、だめだ。奈津を先にいかせるんだっ。

俊介は歯を食いしばって、懸命に耐えつつ、力強く突きあげた。

「ひいっ……い、いく……」

奈津が短く叫んだ。ぷるんぷるんと乳房を弾ませ、汗まみれの上体を反らせる。

俊介は腰で支えつつ、もう一度突きあげた。

「いくっ」

と、奈津の声を聞きながら、俊介も発射させた。

「あっ、すごい……たくさんっ……う、うんっ……いくいく……」

奈津がアクメの表情をさらし、裸体を激しく痙攣させた。

「よかったわ。これで童貞卒業ね」

ありがとうございます、と言う口に、奈津が唇を重ねてきた。

おま×こに中出ししたあとのキスは格別だった。

第二章　隣の全裸未亡人

1

土曜日。目を覚ましたときは、十一時をまわっていた。

一週間の仕事の疲れもあったが、なにより奈津相手の二発が利いていた。が、仕事の疲れとは違い、すがすがしい疲れだった。

俊介は洗濯物をトートバッグに入れると部屋を出た。近くのコインランドリーに洗濯物を放りこむと、商店街を散策した。

いつも帰りが深夜だけに、高円寺の夜の顔しか知らなかった。

アーケードはにぎやかだった。土曜日の昼前ということもあり、家族連れが多い。都心近くにも子供はいるじゃないか、と当たり前のことを思ってしまう。

あと、古着屋街が有名なせいか、古着姿の若い男女を見かけた。

俊介は定食屋を探していた。よさそうな店を見つけ、中に入った。

「いらっしゃいませ」

と、女性の声がかかった。

女性を見て、はっとなった。隣の瑠衣だったからだ。

えっ、瑠衣さん。ここで働いているの？

カウンターとテーブルが五つの店だった。ウエートレスは瑠衣だけのようだ。

カウンターは埋まっていて、ちょうどテーブルの半分が空いた。

「相席でいいですか」

と、瑠衣に聞かれ、うなずくと、空いた席に座った。瑠衣はレジもやっている。

昼飯時はかなり忙しそうだ。

そのぶん、じっくりと観察できる。

瑠衣は白のTシャツに綿パン姿だった。その上にエプロンをつけている。髪はアップにしていた。

薄化粧で、印象的には朝見たときに近い。のぞいたときの濃厚なエロさは微塵《みじん》も感じられない。

瑠衣がお盆を手にこちらにやってくる。エプロン越しでも、胸もとの揺れがわかる。あの下の乳房をこの目で見ていることがうそみたいだ。いや、乳房どころか、瑠衣のおま×こまですでに知っている。

瑠衣がテーブルの皿を片づけていく。

「あの、ご注文は」

と、事務的に聞いてくる。

なんか他人行儀だ。お隣の、と言ってくれてもいいんじゃないか。

やっぱり、のぞいていたのがばれているのか。最低ののぞき野郎と思っているのか。でも、のぞかれて感じていたのではないのか。

「あ、ああ……」

あわててメニューを見る。

「ハンバーグ定食で」

と言うと、はい、と瑠衣は立ち去っていく。自然と俊介の目はパンツが貼りつくヒップラインに向かう。

ぷりっと張って、いい尻をしている。

裸どころか、おま×こまで見ているのに、働いている姿を見ていると、服の中身を想像してしまう。

さほど待つことなく、ハンバーグ定食が運ばれてきた。

「どうぞ」

と、笑顔を見せた。ほっとする笑顔だ。

やはり、バイブを突っこんでいきまくった同じ女とは思えない。

ゆっくり食べていると、どんどん客が出ていった。ピークを過ぎたようで、店内が閑散とすると瑠衣が近寄ってきた。

「さっきは、愛想が悪くてごめんなさい。気分、害さなかったですか」

そばでしゃがみ、顔を寄せて、そう聞いてくる。

「いや……」

「忙しいときに、個別に話したりできないでしょう。だから、わざと愛想なくしたんです」

「なるほど。ひとりですものね。大変ですね」

「アルバイト募集しているんですけど、なかなか応募がないみたいなんですよ」

「そうなんですね」

「私もここに入って、二週間ほどなんです」

「そうなんですか」

「あの部屋、銭湯の回数券がつくって知って、入居したんです」

「僕もそうです」

「主人をとつぜん亡くしてしまって……それでひとりになって……お金もなくて……いっしょに住んでいたマンション、出ていかなくてはならなくなって……仕事と住まいをこの街で見つけたんです」

「そうだったんですね」

「ああ、なんかべらべらよけいなことを話してしまいましたね。すみません。なんか、つい……」

「つい……」

そう聞き返すと、瑠衣がとつぜん頬を赤らめた。

「働いている姿を見られて……ああ、なんか、すごく恥ずかしいです」

それは、すでにバイブオナニーでいったところを見られてしまっているということか。だから逆に、ふだんの姿を見られて恥ずかしいのだ。

「お勘定っ」

客から声がかかり、瑠衣は頭を下げると、レジへと向かった。

俊介は恥じらう瑠衣を見て、びんびんに勃起させていた。

コインランドリーから洗濯物を回収し、アパートに戻ると、段ボールを開けて、洋服などを出していく。越してきて、毎晩最終電車近くに帰宅していて、段ボールを開く暇もなかった。

上からどすどすと音がしはじめた。

麗さん、エアロビ、はじめたな、と俊介はにやける。

脳裏にはすぐに、汗まみれのスポーツブラとスパッツ姿が浮かびあがる。すると、とうぜん勃起する。

この街に来てから、なにかの折りに、すぐ勃起するようになっていた。

どすどすは続く。不思議なもので、不快なはずのどすどすで、俊介は昂っている。スポーツブラとスパッツ姿を思い浮かべたこともあったが、休日の昼間に、麗が家にいることがうれしい。

彼氏がいれば、デートでいないのではないか。いるということは、彼氏はいないのでは、と思ってしまう。

勝手にそう決めて、にやけている。

どすどすの音がやんだ。終わりか、と残念に思っていると、ドアがノックされた。なにかの勧誘か、と思ったが、はい、と返事をする。

「麗です」

と、声がする。とたんに、にやけ顔になり、はいっ、とドアを開く。

麗が立っていた。しかも、スポーツブラとスパッツだけの姿で、全身汗をかいていて、麗から甘い汗の匂いがした。

「晩ご飯、食べに行きませんか」

と、麗が言ってきた。

「えっ、は、はい……」

「エアロビしていたら思いついて、俊介さんの予定聞かなくちゃと思って、あわてて来たの」

俊介と麗は携帯電話のメールアドレスなどは交わしていなかった。上下に住んでいるからだ。

ブラカップから出ているふくらみに浮いた汗の雫が、次々と谷間に流れている。

それをつい見ながら、

「ありがとうございます。行きます」

と答える。

「よかった。デートだったら、ひとりで食べないといけないから。なんか寂しいでしょう」

と、麗が言う。

「デートだなんて。そんな人、いません」

「そうなの。そこもいっしょね」

麗が笑顔を見せて、じゃあ夕方に、と言うと、背中を向けた。

スパッツが貼りつくヒップをガン見する。半分以上はみ出した尻たぼが、ぷりぷりうねる様を、俊介は惚《ほう》けたような顔で見つめた。

段ボール出しを途中でやめて、俊介は畳に寝っ転がった。

麗さんと晩飯、麗さんは彼氏なし、麗さんとデート。

正確にはデートではなかったが、休みの日に女性と約束があるなんて、社会人となってはじめてのことだった。

不思議なもので、予定ができると、疲れが一気に取れる。彼女がいるやつらは、休みの日はこんな気分なのだろうか。

しかし、麗に彼氏がいないとは。あんなに美人で気さくなのに。

まあ、たぶん別れたあとなのだろう。新しい彼氏ができるまでの休憩期間だろう。

ああ、麗さん……。

汗まみれの麗の肢体を思い浮かべ、にやにやしていると、眠ってしまった。

2

ドアのノック音で、俊介は目を覚ました。はっとして窓を見ると、日が暮れている。

「麗です」

と、声がする。

俊介はあわてて飛び起きて、ドアを開く。ノースリーブのブラウスにパンツ姿の麗が立っていた。

「あっ、すみませんっ、寝てしまってて」

「疲れがたまっているのね」

「すみませんっ。今、着がえますから」

俊介はTシャツに短パンだった。

六畳間に戻り、あわててTシャツを脱ぎ、短パンを脱ぐ。ブリーフはもっこりしていた。視線に気づき、玄関を見る。

玄関から台所、そして六畳間と一直線の間取りとなっている。だから、俊介のもっこりブリーフ一枚の姿を、麗に見られていた。

まずい、と思ったが、今さら障子戸を閉めるのも変だ。別にち×ぽを出しているわけではない。

俊介は綿パンを穿くと、Tシャツの上からシャツを着た。

「行きましょう」

と、麗が言った。

商店街を歩き、脇道も歩いた。脇道に、いろんな個人の店があった。古着屋が多かった。

麗が古着を見る姿を、俊介は見つめる。似合うかな、と麗がシャツを上半身に当てて聞く。似合います、と答える。

「もう、みんな似合うって言うだけなんだから」

と、麗は言うが、みんな似合うのだから仕方がない。

歩いてすぐの場所がにぎわっていると便利だ。わざわざ電車で出かける必要がない。それに、アパートから近くだから、麗はこうして俊介といっしょにウインドショッピングを楽しんでいるのだ。

新宿や渋谷《しぶや》に出るとなると、気楽には誘ってこないのではないか。

麗はときおり、胸もとにかかった髪をかきあげる。そのとき、ちらりと腋の下がのぞく。すっきりとした腋の下を目にするたびに、俊介はドキンとなっていた。

「夜ご飯、いつものレトロ喫茶店でいいかしら」

と、アーケードを歩きながら、麗が聞いてくる。

俊介に異存はない。麗と晩ご飯が食べられればどこでもいいのだから。

「昭和の喫茶店のナポリタンというのを食べてみたいの」

「ああ、鉄板で出てくるやつですか」

「そうそう」

と言いながら、俊介の二の腕をつかんでくる。

「行きましょう。僕も食べてみたいです」

「俊介さんもないの？」

「ありませんよ。僕、昭和じゃないですから。二十七ですから」

「あら、同い年なのね」

麗が腕をからめてくる。

えっ、これってなにっ。恋人同士なんじゃないのっ。

麗は別に酔っているわけではない。素面《しらふ》だ。素面なのに、アーケードの真ん中で、腕をからませている。

これって、商店街の人に、彼氏ですよ、と言っているようなものじゃないのか。

レトロ喫茶に入った。けっこう混んでいた。夜中しか入ったことがないから、夕飯時ははじめてだ。

奥のボックス席からカップルがちょうど立ちあがった。あそこにしましょう、と麗がそちらに向かう。定食屋といい、なかなかついている。もしかしたら高円寺に越してきて、つきがまわってきているのかもしれない。

遅番のかわいい子が注文を取りに来た。

「あら、土曜もバイトなのね」

と、麗が言う。

「はい。土曜日、みんなデートで。彼氏いないの私だけで、働くことになったんです」

「あら、彼氏いないの。うそみたいね。ね、俊介さん」

と、麗が俊介に同意を求める。

「そうですね。うそみたいです」

「うらやましいです。デートですよね」

と、ウエートレスが言う。

「えっ……いや……」

俊介は否定しようとしたが、麗は否定しないでいる。肯定もしていないが、とにかく、いやいや、とか否定はしていない。

「いいなあ」

ウエートレスは麗を見て、うらやましそうな顔をしている。

えっ、これって、俺とデートできている麗がうらやましいってことじゃないのかっ。ということは、このかわいいウエートレスは俺に気があるってことじゃないのかっ。

いや、さすがに自分に都合よく考えすぎだ。

番台の熟女にモテて、ち×ぽがモテただけかもしれないが、ちょっと、舞いあがっているところがあった。なんでも、モテているに変換してしまう。

「ナポリタン、ふたつね」

「ああ、やっぱり、いっしょのものを食べるんですね」

いいなあ、と言って、ウエートレスが去っていった。

そのあとは、いっしょにナポリタンを食べて、いっしょに桃風荘に戻った。

「今日は楽しかったな。また、週明けからがんばりましょう」

そう言うと、麗は外階段を上がっていった。

お休みのキスはなかった。やっぱり、デートではなかった。かといって、追いかけていって、楽しかったよ、とキスする勇気はまったくない。

俊介はドアを開き、自室に戻った。

麗との思いこみデートは楽しかったが、そのあとのキスもなかったから、どうも欲求不満になっている。

こんなことは、はじめてだ。当たり前か。そもそも女性といっしょにウインドショッピングをして、ご飯を食べたこと自体がはじめてなのだ。

デート気分のあと、なにもないと、こんなに股間がむずむずしてしまうのか。

オナニーで出すか。いやだめだ。もうオナニーで出したくはない。

そうだ。銭湯に行こう。いや、まだだ。今、行っても、なにもない。閉める直前に行くのだ。

まだ午後八時だ。今日も午前零時半までやるのだろうか。そうなると、あと四時間もある。それに行っても、エッチできる保証はない。

ああ、いやだ。四時間も待てないっ。

そうだ。隣はどうなっているのだろう。のぞいてみよう、と穴をのぞく。が、なにも見えなかった。穴は塞がれたままだ。

でも、俺にのぞかれて、瑠衣は興奮していたようじゃないか。気分が乗ると、穴を開けてくれるんじゃないのか。

そうだ。ふだんずっとのぞかれるのはいやだろう。俊介だっていやだ。だからきっと、オナニーのときだけ、のぞけるようにするはずだ。

希望的想像だったが、それに賭《か》けることにする。

3

俊介はテレビも点《つ》けず、ネットもやらず、隣の気配だけに集中していた。すると三十分ほどして、ああ、と女性の喘ぎ声が聞こえたような気がした。

俊介は起きあがり、壁の穴に顔を寄せていく。

あっ、見えたっ。

瑠衣の姿が見えた。瑠衣は黒のブラに黒のパンティ姿で仰向けになっていた。

こちらに股間を向けて、パンティ越しに恥部をなぞっている。

白い指が、黒のパンティを上下に動いている。

「あっ、ああ……」

クリに触れたのだろうか。両膝を立てた下半身がぴくっと動く。

瑠衣が上体を起こした。じっとこちらを見つめる。

のぞいていることに気づかれたのか。そんなに女体に対する俺の視線は強いのか。

目が合った気がした。ドキンとなる。

すると、瑠衣が両手を背中にまわし、ブラのホックをはずした。ブラカップがまくれ、たわわなふくらみがあらわになる。

すでに乳首はつんととがっていた。

瑠衣はこちらを見つめつつ、右手で乳房をつかみ、左手の指でパンティ越しに割れ目のあたりをなぞりはじめる。

「はあっ、ああ……」

さっきより、感じているようだ。乳揉みが加わったこともあるだろうが、俊介の視線を意識して、感じるようになった気がした。

そうか。俊介の視線は、あらたな刺激物なのだ。未亡人となって、火照った身体を持てあまして、数えきれないくらいオナニーをしてきただろう。が、いつものオナニーだとマンネリになる。

実際、俊介がそうだ。奈津で男になるまで、二十七年間オナニー人生だったから、工夫に工夫を凝らしても、やはりマンネリになる。

そこに、俊介の視線という強烈な刺激物が加わったのだ。

日常生活はのぞかれたくないが、オナニーはのぞいてほしいのだ。

瑠衣が乳首を摘まんだ。

「あうっ……」

今度は上半身がぴくっと動く。

パンティ越しに割れ目をなぞっていた指が、脇から忍んでいく。

パンティはまだ脱がないのか。

「ああっ、あんっ」

クリトリスを摘まんだようだ。乳首をひねりつつ、クリトリスをいじっている。

「ああ、ああ……」

瑠衣の瞳が妖しく潤んでいる。半開きの唇から耐えず、火の喘ぎが洩れている。

昼間見た定食屋の瑠衣とはまったく雰囲気が違っている。

とうぜんのこと、俊介のペニスはびんびんだ。我慢できず短パンとブリーフを下げると、ペニスをつかんだ。

瑠衣がパンティに手をかけた。こちらがブリーフを脱いだのを察したように見えた。わかるわけないのだが、同じタイミングだった。

瑠衣の恥毛は薄く、剝き出しの割れ目がのぞく。

瑠衣が上体を倒し、パンティを太腿からふくらはぎへと下げていく。その間も、右手では乳首をいじっている。

パンティを右の足首にからめたまま、立てた両膝をあらためて開く。

俊介に剝き出しにさせた恥部を見せつけ、左手の人さし指を唇へと持っていく。なにをするのだ、と思ったら、自らの指をちゅうっと吸った。唾液をからめると、股間に持っていく。

そして唾液まみれの人さし指を、割れ目の中に入れていく。

唾液を塗さなくても、あそこはどろどろだろうに。

ずぶりと人さし指が入っていく。

「はあっ、ああ……」

甘い喘ぎを洩らし、ひくひくと下半身を震わせる。

瑠衣はこちらを見ながら乳首をいじり、おま×こを人さし指でかきまわす。

「あ、ああ、ああ……もっと欲しい」

と言うなり、中指もちゅうっと吸い、股間に持っていく。

二本目もずぶりと入っていく。二本の指でかきまわすが、それでも物足りないようだ。

「ああ、ああ……おち×ぽ……ああ、あなたのおち×ぽ……欲しいの」

こちらを見ながら、そう言われると、俊介のち×ぽが欲しい、と言われているような錯覚を起こす。

「ああ、指じゃいや……もう、指なんかじゃいやなの……あなたのおち×ぽ、あ、大きいおち×ぽ……瑠衣、欲しいの」

二本の指で媚肉をかきまわしつつ、瑠衣がそう言う。

これはもしかして、俺を誘っているのではないか。亡くなった主人の名前は口にしていない。確か、健一といったはずだ。が、今はずっと、あなた、と言っている。あなた、と呼びかけている。

「あんっ、どうして、その大きなおち×ぽ、瑠衣に入れてくれないの」

瑠衣がなじるような目を向けている。

ペニスの先端から大量の我慢汁が出てくる。

これは行ったほうがいいのではないのか。いやしかし、勘違いだったら、気まずすぎるぞ。なんせ、お隣さんなのだ。今日だけのつき合いではない。

「あんっ、あなたが入れてくれないのなら、別のおち×ぽを入れます」

そう言うと、瑠衣は立ちあがった。背中を向け、部屋の奥に向かう。ということは、こちらに剝き出しの双臀《そうでん》を向けることになる。

むちっと熟れた尻たぼが、ぷりぷりっとうねって、俊介を誘う。

尻のうねりだけで誘うなんて、やはり、元人妻だ。エロさが違う。

瑠衣は簞笥《たんす》の引き出しからバイブを取り出すと、こちらを向いた。

全裸を真正面から拝む。ただの全裸ではない、バイブを持った全裸だ。

今度は、たわわな乳房を重たげに揺らしつつ、こちらに戻ってくる。さっきより、さらに壁よりに座った。

じっと穴を見つめている。もう見つめられるだけで暴発しそうだ。実際、暴発を恐れて、しごくのをやめていた。

「あなたが入れてくれないから」

そう言うなり、瑠衣がバイブの先端にしゃぶりついた。鎌首を咥えている。

「ううっ」

俊介は自分の鎌首を咥えられたような気がして、うめいた。

すると、瑠衣の目が光った気がした。静かなだけに、薄い壁一枚だけにちょっとしたうめき声も聞かれたのかもしれない。

瑠衣はぐっと頰を窪《くぼ》ませてみせる。鎌首だけを吸いつつ、胴体をしごいてみせる。

「ああ……」

と、またも俊介は声を出していた。

「あなた……あなたのおち×ぽ、おしゃぶりしたいの……あなた、出てきて……ああ、隠れていないで、瑠衣の前に出てきて」

これは間違いない。俺を誘っているのだっ。

俊介はち×ぽまる出しのまま、自分の部屋を出た。隣のドアをノックすると、待つほどなく開いた。

裸の瑠衣が立っていた。

瑠衣は俊介の手ではなく、反り返ったち×ぽをつかむと、ぐっと引き寄せた。

俊介はよろめきつつ、瑠衣の部屋に入っていった。ち×ぽを引かれるまま台所を進み、六畳間に向かう。同じ間取りだ。

ただ違うのは、匂いだった。越してきたばかりの俊介の部屋は、なにか饐《す》えたような臭《にお》いがしたが、瑠衣の部屋は甘い薫りに包まれていた。

住む人間によって、こうも匂いは変わるものなのか。

古い六畳間も、瑠衣がいると人気のレトロ部屋に変わる。

六畳間に入ると、俊介の足下に瑠衣が畳に正座をした。鼻先で反り返っているペニスの先端に、ちゅっとくちづけてくる。

「あっ……」

それだけで、あらたな我慢汁がどろりと出る。

すると瑠衣がピンクの舌をのぞかせ、ぺろりと舐める。

「ああ、瑠衣さん……」

「おいしい……」

と言って、瑠衣が頬を赤らめる。こんなに大胆な姿をさらしながら、恥じらっているのだ。しかも、その姿から匂うような色香がにじみ出る。

瑠衣がペニスの胴体をつかんだ。

「ああ、硬い……温かい……」

「温かい、ですか……」

「バイブは硬いけど、冷たいの……血が流れていないの……俊介さんのおち×ぽには、血が通っているの」

そう言うと、今度は裏スジに、ちゅっとキスしてきた。そのまま、ぞろりと舐めあげてくる。

「ああ……」

俊介は腰をくねらせる。ただオナニー姿を見ているだけではなく、昼間は定食屋で働く姿を見ているのだ。あの女性が今、裏スジを色っぽく舐めあげていると思うと、よけい興奮する。

「もっと、我慢のお汁、出して」

裏スジを舐めつつ、瑠衣がそう言う。

「我慢汁、いやじゃないですか」

「まさか。おいしいの。もっと舐めたいわ」

本当においしいのか。自分で舐めたことはないからわからないが。

瑠衣がねっとりと裏スジだけを舐めていると、鈴口からあらたな我慢汁が出てくる。すると瑠衣が、すかさず舐めてくる。それだけでは物足りないのか、鈴口に吸いつき、ちゅうちゅうと吸いはじめた。

「あ、ああっ……瑠衣さん……」

我慢汁がペニスの中から吸い取られる感じだ。

まさかこんなに我慢汁好きだとは。

瑠衣はそのまま唇を大きく開くと、鎌首をぱくっと咥えてきた。強く鎌首を吸い、俊介をうめかせると、反り返った胴体まで咥えこんでくる。

あっという間に、俊介のペニスが瑠衣の口の中に消えた。すべてを咥えたまま、吸っている。

「あ、ああっ……」

瑠衣の部屋に入ってから、俊介だけがうめいている。

ふと、この声を麗に聞かれやしないかと思ったが、斜め上だから大丈夫だろう。

「うんっ、うっんっ」

瑠衣が貪るように顔を上下させる。

唾液まみれのペニスが、瑠衣の口から出ては呑みこまれ、また出てくる。

「あ、ああ……ああ……」

俊介はずっと腰をくなくなさせている。気持ちよくて、とてもじっとしていられない。

このまま出しそうになる。その前に、俊介にはやりたいことがあった。

4

気持ちよかったが、俊介は思いきって、未亡人の口からペニスを抜いた。

瑠衣の鼻先でびんびんのペニスが跳ねる。

「僕も……あの、舐めさせてもらえませんか」

奈津で男になってはいたが、奈津にずっと主導権を握られていて、俊介からは責めていなかった。そのことが心残りで、ぜひとも瑠衣のおま×こを舐めたかったのだ。

「ああ、私なんかのおま×こを……ああ、舐めてくれるの、俊介さん」

「舐めたいですっ」

「ありがとう……」

俊介は未亡人に感謝されていた。瑠衣はその場に尻餅《しりもち》をついた。そして両膝を立てて、開いていく。

俊介はその場にしゃがんだ。

割れ目がそばにある。顔を寄せると、エッチな匂いがした。おま×この匂いか。

まだ閉じているのに、じわっと出ているのだろうか。

「開いて、いいわよ……」

と、瑠衣が言う。

俊介は指先を割れ目に添えた。そして、くつろげていく。

真っ赤に燃えたおんなの粘膜があらわになるとともに、牝《めす》の匂いがむっと薫ってきた。

「ああ、おま×こ、ああ、おま×こだ」

「もう見ているでしょう」

「匂いは嗅《か》いでいません。嗅いでいいですか」

「えっ、匂い……するの？」

「します」

「えっ、そうなの……恥ずかしいわ」

大胆におま×こを見せつつ、瑠衣が恥じらう。あらわな肉の襞も恥ずかしいというかのように、収縮を見せる。

「すごくします」

「ああ、だめ……嗅がないで……おま×この匂いなんて、嗅いじゃいやです」

いや、と言いつつ、嗅いでほしいのではないか、と俊介は思った。

「失礼しますっ」

と言うなり、俊介は剝き出しのおま×こに顔面を押しつけていった。

「あっ……」

ぐにょっと鼻がおんなの中に埋もれていく。

牝の匂いが顔面を覆う。俊介は暴発しそうになったが、ぎりぎりこらえた。

これはきっと童貞を卒業しているからだと思った。奈津のおま×こにち×ぽが包まれる刺激を経験しているから、未亡人のおま×こに鼻ぐちゅしても、暴発せずにすんだのだ。なにごとも経験が大事だと思った。

俊介はそのまま、ぐりぐりと鼻を瑠衣の媚肉に押しつけていく。

「あ、ああ……だめだめ……嗅がないでっ……おま×この匂いなんて、嗅いじゃ、だめです……」

だめと言いつつも、瑠衣は俊介の頭を押しやったりはしない。それどころか、後頭部を押さえてきた。

俊介の鼻がさらに埋まっていく。顔面もあふれる愛液で濡れていく。

「う、うう……」

俊介はおま×こで窒息しそうになる。

瑠衣は後頭部を押しつけるだけではなく、股間もせり出してきた。

「うぐ……うう……」

「舐めて、俊介さん」

主導権を握るつもりが、握られている。

俊介はうめきつつも舌を出し、言われるまま媚肉を舐めていく。

「ああっ、いいわ……もっと舐めて。たくさん、舐めて……」

瑠衣の敏感な反応に煽《あお》られ、俊介はぺろぺろ、ぺろぺろと花びらを舐めていく。

大量の愛液を舐め取っていく。が、舐めるそばから、あらたな蜜が湧《わ》き出してくる。

牝の匂いにずっと包まれ、俊介は噎《む》せてしまう。

すると、ようやく瑠衣が後頭部から手を離した。俊介は顔を引きあげ、深呼吸をする。

「クリ、おねがい」

と、瑠衣はすぐさま、あらたな指示を出す。

はい、と返事をして、再び瑠衣の股間に顔を寄せる。そして、クリトリスに舌を伸ばしていく。

ぞろりと舐めあげると、

「はあっんっ」

と、瑠衣が敏感な反応を見せた。俊介はそれに煽られ、ぺろぺろ、ぺろぺろと今度はクリトリスを舐めあげていく。

「あ、ああっ……ああっ……」

やはり、クリが急所のようだ。おま×このときより、瑠衣は感じている。こんなに感じてくれると、自分がうまくなった錯覚を起こす。

「ああ、おま×こもいじって……ああ、クリといっしょに、おねがい……」

なるほど。そうか。

俊介はクリトリスを舐めつつ、人さし指をおんなの穴に入れる。そこはさっきよりどろどろだった。

「かきまわしてっ」

言われるまま、媚肉をかきまわす。

「吸ってっ、クリ、吸ってっ」

そうか、と俊介はクリトリスを口に含むと、じゅるっと吸っていく。

「指が遊んでいるわっ」

すみませんっ、とあわてて、かきまわす。

「あ、ああっ、そうよ……ああ、もっと強くクリを吸ってっ……ああ、指は二本にしてっ」

次々とあらたな指示を受ける。

定食屋でのはにかむ瑠衣とはまったく違う。

俊介は中指も入れて、ふたつの指でぬかるみをかきまわしつつ、クリトリスを強く吸った。

「あ、ああっ、い、いきそう……い、いくっ」

と叫び、瑠衣が汗ばんだ裸体をがくがくと震わせた。

二本の指が、くいくい締めつけられる。

「はあっ、ああ……指じゃ、いや……指でいきたくないの……ああ、おち×ぽ、入れてください、俊介さん」

いったばかりだが、はやくもち×ぽをねだっている。貪欲《どんよく》だった。

瑠衣が布団の上に仰向けになった。両膝を立てて、開く。

入口が誘っている。奈津主導で童貞を卒業したばかりの俊介でも、的に惑うことはない。

が、問題は大量に出ている我慢汁だ。恐らく、入れてすぐに出しそうだ。できれば奈津のときのように、一発お口で抜いてもらうといいのだが、そんなことは言えない。

「ああ、入れて、おち×ぽ、入れて」

瑠衣が妖しく潤ませた瞳を俊介に、いや俊介のち×ぽに向けて、誘っている。

俊介は鎌首を割れ目に当てていく。するとすぐに割れ目が開き、瑠衣が股間をせり出してきた。

俊介がなにもしなくても、先端がおんなの粘膜に包まれた。ち×ぽ同様、瑠衣のほうから呑みこんできた。

「突いて」

と言われ、あわてて腰を突き出す。すると、ぬかるみの中にずぶずぶとめりこんでいく。

「あうっ、うんっ」

瑠衣がうっとりとした表情を見せる。

俊介は一気に奥まで突き刺した。先端からつけ根まで未亡人の媚肉に包まれる。これでも満足だった。入れているだけでも、ちょっとでも気を抜くと、出しそうだ。が、そんなやわなこと、未亡人がゆるしてくれなかった。

「突いて、俊介さん」

はい、と俊介は瑠衣の腰をつかみ、抜き差しをはじめる。

「あっ、ああっ……」

瑠衣の豊満な乳房が突くたびに、前後に揺れる。

そして、しなやかな両腕を万歳するように投げ出していく。左右の腋の下があらわになる。どちらの腋のくぼみも、汗ばんでいた。

ち×ぽへの刺激もたまらなかったが、視覚的にもたまらない。

「もっと激しく、して……」

と、瑠衣がねだる。

「激しくしたら、出してしまいます」

「いいのよ……中に出していいのよ、俊介さん」

と、瑠衣が言う。

「えっ……」

「出そうなんでしょう。いいのよ、出して。でも、一度で終わっちゃゆるさないから」

小悪魔のような目をして、瑠衣がそう言う。それは中出ししたあとも、続けてやってもいいということだ。

「わかりましたっ。一度でなんか終わりませんっ」

出してもいい、と言われると、思いっきり突ける。

俊介は瑠衣をよがらせるべく、渾身の力をこめて、突いていく。

「いいっ、いいっ」

瑠衣が歓喜の声をあげる。それに煽られ、ずどんずどんっと突いていく。不思議なもので、出してもいい、と言われて、ちょっとだけ余裕ができた。

が、それもほんの少しの間だった。

「ああ、出そうですっ」

「ああ、いいわよ。出して……あんっ、ゆるめちゃだめ。強くえぐってっ。瑠衣をえぐってっ」

自爆覚悟で、俊介はとどめの突きを見舞った。先端で力強く子宮をたたく。

「ひいっ……いくっ」

瑠衣がいまわの声をあげて、あぶら汗まみれの裸体をがくがくと震わせた。

俊介は瑠衣のいくという声を耳にした瞬間、放っていた。

「あ、ああ……すごい、精子、すごいっ」

どくどくと凄まじい勢いでザーメンが噴き出し、瑠衣のおま×こに放流している。

番台熟女相手に童貞は卒業していたが、一度のエッチくらいで二十七年間たまりにたまったものは吐き出されていなかった。

脈動を続け、未亡人の中に出しまくる。

5

ようやく鎮まると、瑠衣が上体を起こした。

大量に出して萎《な》えたペニスが、おま×こに押し出され、大量のザーメンとともに穴から出た。

すると瑠衣がすぐさま、膝立ちの俊介の股間に上気させた美貌を埋めてきた。

「あっ……瑠衣さん……」

ザーメンと愛液まみれのペニスが瞬く間に瑠衣の口の粘膜に包まれる。

瑠衣は根元から強く吸いつつ、右手で垂れ袋をつかみ、やわやわと刺激を送りつつ、左手の指先で、蟻《あり》の門渡《とわた》りを撫でてくる。

「あ、ああ、それ……」

出したばかりのち×ぽと垂れ袋、そして蟻の門渡りを同時に刺激され、俊介は腰をくねらせる。

ちゅうちゅう吸われているち×ぽはとろけそうだ。

いや、すでに出してとろけてしまっているのだが、さらにとろけてなくなってしまいそうだ。

蟻の門渡りを撫でていた左手の指先が奥へと進んだ。肛門をそろりと撫でてくる。

「あっ、そこっ、お尻ですっ」

肛門の入口を撫でまわされて、俊介は下半身を震わせる。ううっ、と瑠衣がうなった。

口に含まれているペニスが大きくなりはじめていた。はやくも復活だ。

「うんっ、うんっ」

瑠衣は悩ましい吐息を洩らしつつ、ペニスを吸いつづける。垂れ袋の中のタマタマを優しくころがし、肛門をなぞりつづける。

瑠衣が唇を引きあげた。ザーメンまみれだったのがうそのように、瑠衣の唾液に塗りかわっている。なにより萎えかけていたのが、見事な反り返りを取り戻していた。

「ああ、素敵よ、こんなにすぐにできるようになるなんて」

ペニスを見つめ、瑠衣がそう言う。

そして、その場で四つん這いの形を取っていく。

膝を伸ばし、俊介に向かって、むちっと熟れた双臀をさしあげてくる。

「今度は、バックでおねがい」

まさか、奈津より先に隣人とバックですることになるとは。

突き出された無防備は尻を見て、勃起の角度がさらに上がっていく。

俊介は尻たぼに手を置いた。しっとりとした肌触りに、ペニスがひくつく。尻たぼを開いた。

深い尻の狭間の奥に、ひっそりと息づいているものが見えた。

あれ……尻の穴だよな……なんて、きれいなんだ。

「ああ、どこ見ているのかしら」

俊介の視線を感じるのか、尻の穴がひくひく動く。

「すみません。きれいだから、つい……」

「俊介さんの視線はとても強くて、エッチよね。おととい、隣からのぞかれているの、すぐにわかったの……」

「そ、そうなんですか……」

「おま×こが、すごく熱くなってきて、のぞかれていると思ったとき、軽くいっちゃったの」

「そうなんですか……」

「私、すごく興奮してしまって……でも、終わったあと、すごく恥ずかしくなって、すぐにのぞき穴を塞いだの」

のぞかれているのがいやなのではなく、のぞかれて異常な興奮を覚えた自分が怖くなって、穴を塞いでいたようだ。

「でも、また俊介さんの視線が恋しくなって……」

こちらにお尻を向けたまま、瑠衣が告白しつづける。

そんなに俺の視線は強いのか。やはり二十七年間、見るだけの人生だったから、視線がよりエッチになっていたのだろう。

「ああ、見るだけじゃなくて、入れて……おち×ぽで、感じさせて」

俊介はびんびんになったペニスを尻の狭間に入れていく。先端が蟻の門渡りを通るだけで、あんっ、と瑠衣が尻をうねらせる。

割れ目に到達した。うしろからだとよくわかる。

そのまま鎌首をめりこませていく。

「あ、ああっ……」

正常位とは侵入角度が変わる。めりこませていく感じがより強くなる。征服感が増す。

一気に奥まで貫いた。

「あうっ、うんっ……」

瑠衣が軽くいったようなうめき声を洩らした。おま×こが強烈に締まる。

俊介は尻たぼに五本の指を埋めこむと、抜き差しをはじめた。ぐいっと引き、ずどんっと突く。

「いいっ」

瑠衣が絶叫する。

桃風荘すべてに、瑠衣のよがり泣きが聞こえている気がする。麗にも聞こえているかもしれない。麗に瑠衣とやっていることは知られたくはない。瑠衣のよがり声だけで、相手の男はわからないはずだ。

が、その反面、未亡人をち×ぽ一本でよがらせているんだ、ということを、麗に知ってもらいたい気もする。知られたくないけど、知られたい。

俊介は瑠衣をバックから突きまくる。

「いい、いいっ、すごいわっ……」

突くたびに、ぴたぴたと音がする。

「ああ、つかんで、髪をつかんで引いてみて」

と、瑠衣があらたな指示をする。

瑠衣の黒髪は背中にひろがっていた。突くたびに、華奢《きゃしゃ》な背中を掃いている。

俊介は手を伸ばして、黒髪をつかんだ。ぐっと引く。

「あうっ……」

瑠衣の背中が反ってくる。

おらおらっ、と急におらおら兄ちゃんの気分になる。

そうなると、尻たぼを張ってみたくなる。

右手で髪をつかんだまま、左手で尻たぼをぴしっと張る。すると、

「はあっ、あんっ」

と、瑠衣が甘い声をあげる。

「もっと、ぶってっ」

と言ってくる。定食屋のはにかむ瑠衣と同じ女なのかと思ってしまう。

俊介はぱしぱしっと左右の尻たぼを張りつつ、力強く突きつづける。

「いい、いいっ……ああ、ああっ、また、いきそうっ」

バックはかなり好きなのか。はやくも、いきそうだと言っている。

俊介のほうは、まだ大丈夫だ。このままいかせてやる、とさらにおらおら度を上げて、激しく突きまくる。

「いい、いいっ……あっ、ああ……い、いく、いくいくっ」

おま×こが強烈に締まり、俊介はいきなり果てそうになったが、ぎりぎりこら

えた。

瑠衣はいくと叫びつつ、四つん這いの裸体を痙攣させている。

細い腕を折り、布団に突っ伏した。おんなの穴からペニスが抜ける。最初に中出ししたザーメンと愛液が攪拌《かくはん》されて、ペニスにからんだ粘液が泡立っていた。

瑠衣はすぐさま身体を起こし、こちらを向いた。

そして泡まみれのペニスに、まったくためらうことなくしゃぶりついてくる。

「あっ、ああっ」

突きまくったばかりの、エッチ途中のペニスをしゃぶられ、俊介は腰をくねらせる。さっきりぎりぎり耐えたが、フェラで出しそうになる。

それはいやだ。おま×こに出したい。

瑠衣が唇を引いた。あぐらをかいて、と言う。

言われるまま、あぐらをかくと、瑠衣が対面座位で繋がってきた。

「ああっ、いいっ」

垂直にペニスを呑みこみつつ、瑠衣が俊介にしがみついてきた。たわわな乳房を胸板に押しつけ、火の息を俊介の顔面に吐きかけてくる。

俊介のほうから口を押しつける。すると、未亡人の舌がぬらりと入ってくる。

と同時に、おま×こがきゅきゅきゅっと締まる。

「うっんっ、うんっ」

瑠衣は俊介の舌を貪りつつ、繋がっている股間を上下させはじめる。

「ううっ」

俊介がうめく。ベロチューしつつの、おま×こ上下動はかなり利く。そのうえ、乳房で胸板をぐりぐりされているのだ。

正常位からはじまり、バック、対面座位と体位のオンパレードだ。瑠衣主導だから、流れるように体位を変えていたが、俊介主導だと正常位だけで終わっていただろう。

「う、ううっ、ううっ」

お互い、火の息を吹きかけ合いつつ、腰を上下させている。

「ああ、もっと突いて、ああ、もっといかせて。ナマのおち×ぽで、もっといきたいのっ」

やはり、おもちゃでは今ひとつだったのか。ナマには勝てない。

俊介も突きあげていく。

「ああっ、いい、いいわっ。俊介さんのおち×ぽ、最高よ」

俊介ではなく、ち×ぽが気に入られたようだ。が、ち×ぽも俊介の一部だ。いや、俊介そのものだ。

俊介の分身で、突きあげていく。

「ああっ、また、いきそう。ああ、すごいわっ。またいきそうなのっ」

「僕もいきそうです」

「ああ、来て、来てっ、中に来てっ」

「いいんですか」

「ああ、もちろんよっ。いっしょに、いきましょうっ」

そう言うと、また唇を押しつけてくる。唾液を注ぎつつ、跳ねるくらいに股間を上下させてくる。

「うう、ううっ」

出そうだ。ああ、ち×ぽがとろけるっ。ああ、出るぞっ。

瑠衣の中で、俊介のペニスがぐぐっと膨張した。

「あっ、すごい」

ペニスが爆《は》ぜた。

「おう、おうっ」

と、雄叫《おたけ》びをあげて、俊介は射精させる。対面座位で繋がっているため、垂直に噴きあげていた。

「あっ、い、いく……いくいくっ」

瑠衣も競うようにいまわの声を叫び、汗まみれの裸体を痙攣させた。

凄まじい中出しに、俊介は軽い目眩《めまい》を覚えた。

射精しつつ目眩を覚えるなんて、生まれてはじめてだった。

「ああ、すごく気持ちよかったわ。ありがとう、俊介さん」

「僕も最高でした」

「そう言ってもらえると、うれしいな」

繋がったまま、キスをしまくった。

第三章　エアロビ女子の挑発

1

週明けからさっそく終電ぎりぎりで帰った。

やっぱり、職場から家が近いのはいい。十字路を曲がると、桃風荘が見える。二階の麗の部屋の明かりが点いている。瑠衣の部屋も点いている。それを見ると、ほっとする。麗の両隣も明かりが点いていた。

六部屋のうち、五部屋は埋まっていることになる。空いているのは、俊介の右隣だけか。

週末は、桃風荘の住人みんなに瑠衣のよがり声を聞かれた気がする。

アパートに近づくと麗の部屋のドアが開き、麗が姿を見せた。外階段に向かう。

麗はスポーツブラとスパッツ姿だった。タオルで胸もとに流れる汗を拭《ぬぐ》いつつ、階段を降りてくる。

俊介は階段の下でそれを見つめていた。外で見るスポーツブラとスパッツ姿がエロすぎて、目を離せない。

「あっ、俊介さん、今、帰りなのね。ちょうどよかった。これから、桃の湯に行かないかしら」

「ああ、は、はい……」

「聞いている？」

「ああ、聞いてます……」

「そんなにブラとスパッツだけの女が珍しいのかしら。それに、これはスポーツブラだから」

スポーツだろうと、なんだろうと、俊介から見れば下着に変わりはない。

「週末、すごかったわよね」

と、麗が言う。二の腕の汗を拭いている。麗の身体全体から、甘い汗の匂いが薫ってきている。たまらない。

「えっ、なにがですか」

「たぶん、俊介さんのお隣だと思うけど。あの声が、すごかったでしょう」

「ああ、そうですね」

やはり、麗にも聞こえていたんだ。

「お隣って、確か、未亡人でしょう。新しい彼氏ができたのかしら」

「そうかも、しれませんね……」

「俊介さん、隣だから、ずっとよがり声聞かされて、悶々《もんもん》としていたんじゃないのかしら」

つんつんとワイシャツ越しに、俊介の胸板を突いてくる。

「いや、そうですね……」

「でもあんなよがらせるなんて、彼氏って、すごいわよね」

「えっ……」

一瞬、俊介がすごいと言われたような気になった。

「いくいくっ、て何度も聞こえていたでしょう」

麗が、いく、というたびに、俊介のペニスが疼く。というか、すでに勃起させていた。

アパートの郵便受けの前で、スポーツブラとスパッツ姿の麗を前にして、びんびんにさせていた。

「そうですね……」

「どんな彼氏なんだろう。なんか、うらやましいな」

「えっ、そうですかっ」

俊介がうらやましい、と言われた気がした。

「だって、あんなにいけるなんて……」

そう言うと、麗は急に恥ずかしくなったのか、頬を赤らめて、

「なに、言わせるの……」

と、俊介をたたいてくる。甘い汗の匂いがさらに強く薫る。

俊介は瑠衣さんをいかせまくったのは、この僕です、と言いそうになる。いや、言っていいのでは。言ったらどうなるのだろうか。

そうなの、じゃあ、私もいかせて、と言われるのか。

彼女がいるのねと瑠衣に遠慮して、銭湯やご近所めぐりに誘ってこなくなるか。

わからない。

女心なんて、読めるわけがない。

「そうそう。男の人の叫び声っていうか、雄叫びみたいなものもすごかったな」

頬を赤らめたまま、麗がそう言う。

その雄叫び、僕です、と言ったほうがいいのか、よくないのか。

迷っているうちに、はやく着がえて出てきてね、と言うと、麗は外階段を昇っていった。

言ったほうがいいのか、よくないのかまだ悩みつつ、俊介は汗ばんだ麗のナマ足を見あげていた。


桃の湯の前で、俊介と麗は男湯と女湯に別れて入った。

「いらっしゃい。あら、今日もお仕事大変だったようね」

番台にはいつもの奈津がいた。俊介の顔を見て、今日のブラック度を見抜く。

「大変でした」

そう言ったほうが、よりエッチに近づくと思った。

「癒《いや》してあげようか」

と、顔をこちらに寄せて、奈津が言う。麗は先に脱衣場に入っている。

「癒してもらえますか」

「もちろんよ」

奈津が色っぽくウインクしてみせる。奈津とやれるっ、と思うと、一気に今日一日の疲れが吹き飛ぶ。女の身体の力はすごい。

脱衣場でTシャツを脱ぎ、短パンを脱ぎ、ブリーフを脱ぐ。奈津に見られているのが前提だ。

「あら、疲れていても、そっちは元気なようね」

奈津とやれる、と思った瞬間、ビンビンになっていた。以前と違い、堂々と見せつける。

「童貞を卒業したら、変わったわね」

俊介のペニスが、そうですね、とひくひく動いた。

洗い場には三人の男がいた。湯船は空《す》いていた。俊介はすぐさま湯船に浸かる。びんびんにさせたままだと、洗い場では恥ずかしい。

今夜はバックだ。バックで奈津をよがらせてやるぞっ。

湯船に浸かっても、勃起したままだ。いいお湯で仕事の疲れは抜けていくが、股間だけはぎらぎらしている。

ここでひとつ問題があることに気づいた。このあと麗が、いっしょに出よう、と誘ってくるだろう。それを断ることはありえない。となると、いっしょに銭湯を出ることになる。

そうなると、奈津とはやれない。そう気づくと、一気にペニスが萎えていく。

麗の誘いを断ろうか、もう少し、湯に浸かっていると。いや、なんかわざとらしい。番台熟女となにかあるんじゃないか、と勘ぐられてしまうかもしれない。いや、勘ぐらないだろう。そもそも、そこまで麗が俺に興味を持っているだろうか。

うじうじ考えている間に、洗い場の男たちが湯船に入ってきた。代わって、俊介が湯船を出て、身体を洗いはじめる。

洗っていると、男たちが次々と出ていった。俊介だけになると、また湯船に浸かる。

そろそろ、店じまいの時間だ。なかなか麗から出ましょう、という声がかからない。どうしたのか、と思っていると、洗い場の磨りガラスが開き、奈津が姿を見せた。

「あっ、奈津さん……」

奈津はブラとパンティだけだった。鮮やかな赤だ。熟れ熟れの白い身体に深紅のランジェリーがセクシーに映えている。

「あの……人が来ますよ」

「もう閉めたわよ」

「そうなんですかっ」

「なんか、待ちきれなくて、早じまいにしたの」

「あ、あの……」

「お友達は帰ったよわ」

「そうなんですか……」

いっしょに出よう、と誘われたらどうしよう、と悩んでいたが、誘われずにひとりで帰ったと聞くと、なんか寂しい。

「あら、私とエッチするよりも、お友達といっしょに帰りたかったの？」

こちらに近寄りつつ、奈津が聞く。両手を背中にまわし、ブラのホックをはずす。ストラップをずらすと、カップがまくれ、たわわに実った乳房があらわれる。奈津の乳房を目の前にすると、麗に誘われなかった寂しさが薄れる。現金なものだ。

「どうなのかしら。お友達を追いかけるかしら」

そう聞きながら、深紅のパンティも湯船の前で脱いでいく。下腹の陰りがあらわれ、生唾を飲みこむ。とうぜん、ペニスもびんびんに戻っていた。

「帰りません。エッチしたいですっ。奈津さんとしたいですっ」

そう言うと、俊介は湯船からあがり、奈津の乳房にしゃぶりついていった。

「あっ、ああ……」

顔面が甘い汗の匂いに包まれる。俊介は身体を洗っていたが、番台にいた奈津はずっと熱気に包まれた状態なのだ。

熟女の働く汗の匂いに昂る。俊介はやわらかなふくらみに顔面を埋める。

「乳首、吸って」

と、奈津が言う。俊介は顔面を埋めたまま舌を出して、乳首を探す。舌先が乳首を捉えた。ぞろりと舐める。

「あっ……」

奈津が敏感な反応を見せる。俊介は顔面を埋めたまま口を移動させて、乳首を含むと、じゅるっと吸う。

「はあっ、あんっ」

奈津が俊介の後頭部を押してきた。やわらかなふくらみに、顔面が埋もれる。

「う、うう……」

俊介はうめきつつも、乳首を吸いつづける。と同時に、右手を股間に伸ばした。クリトリスを摘まみ、ころがす。

「はあっんっ、やんっ」

さらに後頭部を押してくる。

「うぐ……」

乳圧で窒息しそうになる。このままの状態であの世に往《ゆ》けたら幸せだろう。

奈津が乳房を引いた。ペニスをつかんでくる。

「ああ、こちこちね。うれしいわ、私でこんなに大きくしてくれるなんて」

「奈津さん、色気の塊ですから」

「そうなのかしら」

強く握っていたが、握るだけでは物足りなくなったようで、すぐに、その場にしゃがむと、ぱくっと鎌首を咥えてきた。

鎌首が奈津の口の粘膜に包まれる。

「ああっ……」

俊介は洗い場で腰をくねらせる。

「うんっ、うっんっ、う、うんっ」

奈津は俊介のペニスを貪っている。

「ああ、奈津さんの身体を洗わせてください」

と、俊介は言う。

「あら、私の身体を洗ってくれるの？」

「はい、ぜひとも洗わせてください」

銭湯の洗い場にいるのだ。やはりここは、洗いっこプレイではないのか。

2

奈津が鏡の前の丸椅子に座る。俊介は背後に立つと、手のひらにボディソープを出して、泡立てる。

そして、しゃがむと、前に伸ばし、いきなり乳房に塗していく。

「はあっ、ああ……」

乳首がぷっと勃っている。手のひらで押しつぶすようにして、乳房を泡まみれにする。そして下から掬いあげるようにして、揉みはじめる。

「ああ、こうやって、おっぱい揉みたかっただけじゃないの」

鏡越しに俊介を見つめつつ、奈津がそう言う。

「そうじゃないですよ。腕を上げてください」

と、俊介は言う。

「ああ、腋ね……腋を洗いたいのね」

鏡を見つめる奈津の瞳が潤んでくる。腋が好きなのか。

奈津は言われるまま、両腕を万歳するように上げていく。俊介は泡立てた両手で、包むように右の腕をなぞりはじめる。二の腕をなぞると、奈津が上体をぴくっと動かす。

そのまま両手を下げて、汗ばんでいる腋の下を泡まみれの手でなぞっていく。

すると、

「あんっ」

と、奈津が甘い吐息を洩らす。泡まみれの乳首が、さらにとがる。

右の腋の下を撫でると、右手で撫でつつ、左手を左の腋の下に伸ばしていく。

鏡に映った裸体を見やりつつ、左の腋の下も撫でていく。

「あ、ああ……乳首……洗って……」

と、奈津が言う。俊介は左の腋の下を撫でつつ、右手を乳房へと向けて、泡まみれの乳首を摘まむ。

「あうっんっ」

丸椅子に座っている裸体ががくがくと動く。かなり敏感になっている。

俊介は右手で乳首をいじりつつ、左手で背中を撫ではじめる。ぞくぞくするのか、肩を動かす。

「ああ、気持ちいいわ、俊介さん」

俊介は背中を撫でている手を尻の狭間まで下げていく。

「あっ……」

ぶるっと双臀をうねらせる。

「あの、四つん這いになってもらえませんか」

「四つん這い……ああ、もう入れたくなったのね」

「いや、お尻の穴を洗いたくて……」

「あんっ、じらすのね。いいわ。そういうの好きよ、俊介さん」

奈津は裸体の向きを変えると、ずっと勃ったままのペニスをひとつかみして、ぐいっとしごくと、タイルに両手をつく。

そして、俊介にむちっと熟れた双臀をさしあげてくる。

「洗います」

あらたなボディソープを尻たぼに垂らす。どろりと狭間に流れていく。

俊介はあわてて泡立てはじめる。

そして泡立てた指を、尻の狭間の奥に向ける。菊の蕾《つぼみ》を思わせる肛門を撫でる。

「あっ……」

掲げた尻がぴくっと動く。

俊介は左手で尻の穴に泡を塗しつつ、右手で蟻の門渡りも洗っていく。

「ああ、それいい……ああ、気持ちいいわ……俊介さん」

感じてくれるとうれしいし、俊介も興奮する。そのまま右手を前へと向けて、泡まみれの手でクリトリスを摘まむ。

「はあっ、あんっ……いい……そのまま、クリいじって……」

奈津が鼻にかかった声でねだる。

俊介はクリをいじりつつ、お尻の穴に指を忍ばせる。先っぽを入れていく。

「うう……」

「痛いですか」

と、あわてて指を引く。

「いいの。痛くないから、もっと入れてみて」

と、奈津が言う。俊介はもう一度、泡まみれの指を尻の穴に忍ばせていく。爪《つま》先《さき》を入れる。

「あう……」

尻の穴が強烈に締まる。そこに指先を入れていく。

「ああ、前の穴にも入れて。前とうしろ、いっしょに入れて」

俊介はクリトリスをいじっていた右手の人さし指を前の穴に入れていく。こちらはずぶりとめりこんでいく。肉の襞がからみついてくる。

「もっとたくさん」

と言われ、すぐさま中指も前の穴に入れていく。すると、うしろの穴が万力のように締まる。

「ああ、ああ……おち×ぽがいい……指じゃいや。おち×ぽ入れてっ」

俊介も指では物足りなくなっていた。左の指を尻の穴から抜こうとすると、

「だめっ。お尻入れたまま、おち×ぽを入れて」

と、奈津が指示する。

俊介は尻の穴に指を入れたまま、ペニスを蟻の門渡りに向けていく。

先端が割れ目に触れた。それだけで、尻の穴が締まる。入れることはできないが、入れても、すぐに発射だろう。

「入れてっ、おち×ぽ、入れてっ」

奈津の声が洗い場に反響しまくる。洗い場の空気が震えている。

俊介はぐぐっと突き入れた。

「いいっ」

半分ほど入れただけで、奈津が歓喜の声をあげる。

俊介は尻の穴に指を入れたまま、前の穴を奥まで塞ぐ。

「いく……」

子宮をたたいた瞬間、奈津がいまわの声をあげた。四つん這いの裸体を痙攣させる。はやくも、いっていた。

「すごいですね」

「ああ、バック好きなの……お尻もいっしょが好きよ」

別れた旦那の得意プレイだったのかもしれない。

俊介はずどんずどんと突いていく。

「いい、いい、いいっ」

突くたびに、奈津が絶叫する。思えば、ここが無人の銭湯だから、思いっきり声をあげられるのかもしれない。そうなると、瑠衣はまだまだよがり声を遠慮しているのかもしれない。

「ああ、いいわっ、俊介さんのおち×ぽの形……ああ、バックのときに、ぴったりなのっ。いい感じなのっ」

俊介のペニスの反り返り具合が、ちょうどいいらしい。

「ああ、もっとっ、もっと突いてっ」

俊介は言われるまま、力強く突いていく。今日一発目だが、調子よく突けている。やっぱり瑠衣相手の経験が生きている。なにごとも経験が大事なのだ。

とはいえ、バック責めは視覚的にも刺激的で、そろそろやばくなっている。やばくなると突きが弱くなる。するとすぐに、

「だめっ、弱めちゃ、だめっ」

と、奈津が叫ぶ。

「そのまま、突きつづけてっ。中にちょうだいっ」

はいっ、と俊介は突きの力を戻し、マックスでえぐっていく。

「いい、いいっ、それよっ。それよ、俊介さんっ。いいわっ。頼もしいわっ」

ち×ぽを褒められて、俊介は勢いよく突いていく。

「ああ、また、いきそう……」

「僕も出そうです」

「いっしょにっ、ああ、いっしょにいきましょう」

「はいっ」

ち×ぽと指をふたつの穴に強烈に締めつけられながら、俊介は渾身の力で突きまくった。

「あ、ああっ、いくわ、ああ、いくわっ」

「出ますっ、ああ、出ます」

いくっ、と奈津が叫ぶと同時に、おうっ、と俊介も雄叫びをあげていた。

3

奈津相手にバックで連続二発出したあと、俊介はすぐさま、深夜もやっている例の喫茶店に走った。もしかしたら、麗がいるかもしれない、と思ったのだ。

「いらっしゃいませ」

深夜だったが、フロアは三分の一ほど埋まっていた。見わたしたが、麗の姿はなかった。

愛らしいウエートレスが寄ってきた。

「彼女さんは来ていませんよ」

「いや、彼女じゃないから」

「そうなんですか。それなら、ちょっと相談があるんですけど」

愛らしい顔を寄せてきて、ウエートレスがそう言う。

「そ、相談……」

どういうことだ。麗が彼女じゃないと言ったら、それなら、相談だなんて……えっ、これって、もしかして……もしかして、つき合いたいということっ。

いや、違うだろう。ありえない。でもこの街に来て、二十七年間の童貞を卒業し、未亡人ともやっている。今、モテ期に来ている。人生最大のモテ期だ。

「はい。私、もうあがりなんです」

「そうなの」

「ああ、あの奥の席で待っていてください」

そう言うと、ウエートレスは注文を取ることなく、去っていった。言われるまま、奥のボックス席に座る。フロアからウエートレスが消える。代わって、別のウエーターが出てきた。

なんだ男か。

しばらくすると、愛らしいウエートレスが姿を見せた。私服に着がえていた。

裾の短いTシャツに、ショーパン姿だ。

すらりと伸びたナマ足が眩《まぶ》しい。平らなお腹ものぞいている。

ああ、かわいいうえに、スタイル抜群じゃないか。いったい、あの子が俺にな
んの相談があるんだろう。

「あの、アイスコーヒー、ふたつ頼んでおきました」

差し向かいに座り、愛らしいウエートレスがそう言う。

「ああ、ありがとう」

「あの……私、真由《まゆ》っていいます。M大学の二年です」

女子大生か。二十歳か。もしかして、処女……いや、こんなにかわいいんだ。

男が放っておかないだろう。

「田端俊介です」

「俊介さん……」

と、いきなり名前で呼んでくる。愛らしい女子大生に名前で呼ばれると、それ
だけで、ドキンとなる。

「あの、私、桃風荘に引っ越ししたいと思っているんです。お隣、空いていますよね」

真由がくるんとした目で俊介を見つめつつ、そう聞く。

「えっ、桃風荘に……空いているよ……」

「銭湯の回数券のことを聞いて、ネットで調べたら、風呂なしだから安くて……いいなあ、と思っていたんです」

「そうなんだ」

「ただ、俊介さんとあのきれいな女性がつき合っているんだったら、そこに割りこむのはどうかなって思って、躊躇《ちゅうちょ》していたんです」

「割りこむって……」

なんか俺をめぐっての三角関係みたいだ。すごいぞっ、と勝手にドキドキする。

「彼女さんじゃないのなら、隣に越しても大丈夫ですよね」

「もちろん大丈夫だし、真由さんが越してくるの、大歓迎だよ」

俊介もなれなれしく名前で呼ぶ。なにせ、名前しか知らない。

「本当ですかっ」

と、真由がとびきりの笑顔を向ける。

「なんか彼女さんといっしょの銭湯帰りの姿見てて、楽しそうだなって思って」

「そうなの」

もしかして真由が越してきたら、三人で銭湯に行くのか。銭湯には奈津が待っている。

麗、真由、奈津の三人っ。

「やっぱり、銭湯は広くていいよね。それに銭湯のあとのここのアイスもおいしいよ」

そう言うと、

「アイスにすればよかったですね」

と、真由が言った。ウエーターがアイスコーヒーをふたつ運んできた。ありがとう、と言って、さっそく真由がアイスコーヒーを飲む。ストローで飲む姿を見て、なぜか、ドキドキしていた。

真由は、丸ノ内線《まるのうちせん》の新高円寺《しんこうえんじ》のさらに向こう側に住んでいるといい、自転車で帰っていった。バイバイと真由を見送ると、俊介は桃風荘に戻った。

戻ってすぐに、ドアがノックされた。

はい、と出ると、麗が立っていた。タンクトップにショーパン姿が眩しい。胸もとが高く張っている。

「勝手に先に帰って、ごめんなさいね。湯船に浸かっていたら、仕事のやり残しを思い出して、あわてて帰ったの……俊介さんひとり置いてきて、気になっていて」

「すみません。僕は大丈夫ですよ。あの喫茶店に寄ってきました」

「そうなの。これ、いっしょにどうかなって思って」

麗は西瓜《すいか》を手にしていた。

「もう遅いかしら」

とっくに午前零時をまわっている。

「いいえ。ご馳走《ちそう》になります」

西瓜を食べたいのもあったが、なにより麗を部屋に入れることができると思った。こんなチャンス、逃したくない。

どうぞ、と麗を中に入れる。お邪魔します、と麗が入ってくる。

「ああ、同じ間取りね」

台所を通過すると、六畳間だ。真ん中にテーブル代わりのコタツ台を置いているだけだ。

「台所、借りるね」

と言うと、麗が台所に立つ。いちおう、庖丁《ほうちょう》とまな板はあった。それを使って、麗がざっくりと西瓜を切る。ふたつの皿に、ふた切れずつ乗せて、六畳間に運ぶ。

コタツ台に向かい合って座り、いただきます、と食べる。

「もう遅いから、これ食べたら、すぐ戻るからね」

すぐ戻らなくてもいいのだが。

麗がいるだけで、殺風景な六畳間がとても華やいで見える。

「おいしいね」

と、麗が笑顔を向ける。おいしいです、と俊介も笑顔になる。ただ西瓜を食べているだけなのに、なんかすごく幸せだ。麗が彼女だったら毎晩、こんな時間をいっしょに過ごせるのだろう。

しかし、自分の部屋で見る麗の素肌は悩ましい。今夜も蒸し暑く、剝き出しの二の腕が汗ばんでいる。

そこから、甘い薫りが漂ってきている。麗といると、蒸し暑いのもまたいい。

はやくも西瓜を食べ終わりそうになる。食べ終わったら、麗はすぐにここから

いなくなる。もっといてほしい、と思っていると、

「ああっ、あんっ」

と、女の喘ぎ声が聞こえてきた。

瑠衣だっ。

「はあっ、あんっ」

麗が驚きの目を俊介に向ける。麗の背中側が、瑠衣の部屋だ。

「ああ、おち×ぽ、欲しいの」

瑠衣の甘い声が聞こえてくる。

お隣の人……と麗が口を動かす。うん、とうなずく。

のぞけるよ、と俊介は口を動かす。えっ、と麗が小首を傾《かし》げる。

俊介は隣と接している壁へと移動する。そして、のぞき穴をうかがった。

4・

いきなり、瑠衣の股間が飛びこんできた。

瑠衣はのぞき穴の前で自らの右手で割れ目を開き、左手でクリトリスをいじっ

ていたのだ。

真っ赤に燃えたおま×こが、目の前で蠢いている。はやく、入れて、と誘っている。

甘い薫りが鼻をくすぐった。真横に、麗が来ていた。私にものぞかせて、と目が告げている。

俊介は迷ったが、瑠衣の淫《みだ》らな姿を見せることで、麗を興奮させられるのではないか、と思った。

俊介が脇にずれた。麗がのぞき穴に目を寄せていく。

俊介は麗のきれいな横顔をガン見する。

麗が、うそ、と声をあげた。

まずいっ、瑠衣に聞かれた。俊介にのぞかせて誘っているのだろうが、麗にのぞかれていると知ったら、オナニーはやめるだろう。

が、俊介の予想ははずれていた。

「はあっ、あんっ」

と、瑠衣の喘ぎ声が聞こえてきたのだ。

麗もおま×こを見せつけられて、顔を引くかと思ったが、そんなことはなく、食い入るようにのぞき穴から隣を見つめている。

「あ、ああ……はあっん……」

瑠衣の喘ぎ声が大きくなる。クリをいじっているだけではないようだ。なにをしているのか。

麗は変わらず、のぞき穴に顔を押しつけている。

「ああっ」

瑠衣の甲高い声がした。と同時に、麗が手を伸ばし、俊介の手をつかんできた。ぎゅっと握ってくる。麗の手のひらは汗ばんでいる。

「あ、ああっ、ああっ」

瑠衣の喘ぎ声は続いている。なにをしているのか。おま×こに指を入れているのか。クリとおま×こをいっしょに刺激しているのか。

麗に見られていることはわかっているはずだ。それなのに、オナニーをやめるどころか、さらに感じているようだ。未亡人の性欲の深さを知る。

俊介はのぞき見したくて、思わず麗の肩をつかむ。しっとりとした肌触りにドキンとする。麗の肌に触ってしまった。やばい、と思ったが、麗はのぞくのに夢中で、気づいていない。

これ幸いに、と肩に置いていた手をじわじわと下げていく。

「はあっ、ああ、ああっ……あんっ、ああっ……」

瑠衣の切羽詰まった喘ぎ声を聞きつつ、俊介の手のひらは、麗の二の腕に到達していた。そろりと撫でる。ああ、なんてしっとりとした手触りなんだ。

「い、いく……」

麗の二の腕を撫でつつ、瑠衣のいまわの声を聞いていた。

麗がのぞき穴から顔を引いて、こちらを見た。

ドキッとした。麗の瞳は潤み、唇は半開きとなっていた。

あまりの色っぽさに、俊介は思わず抱き寄せていた。

するとそのまま、麗が美貌を寄せてきた。あっ、と思ったときには、唇と口が重なっていた。

キスしているっ。麗とキスしているっ。

麗の唇は半開きのままだった。そこに俊介は舌を入れていった。

麗はいやがるどころか、むしろ積極的に舌をからめてきた。

「うんっ、うっんっ」

オナニーでいくところを見せつけられた興奮をぶつけるように、俊介の舌を麗が貪っている。

麗の唾液は甘かった。股間にびんびん来る。

麗ははっとした表情を浮かべ、唇を引いた。

ごめん、とふたり同時に謝る。

麗は再び抱きついてきて、俊介の耳もとで、

「ああ、あんなの、はじめて見たの……すごく興奮しちゃって、つい……キスしちゃった……ごめんね」

火の息とともに、麗がそう告げる。

麗の身体は汗ばんでいて、甘い体臭が全身から立ち昇っている。抱きついているため、腋の下から特に甘い体臭が薫ってきている。

瑠衣の恥態をのぞきたいが、麗とこのまま抱き合ってもいたい。

麗はかなり昂っているようで、息が荒い。それになにより、しがみついたままでいる。

「あぁっ」

と、隣から瑠衣の声が聞こえた。

すると麗がさらに強く抱きついてきた。Tシャツ越しに、ボリューミィなバス

トのふくらみを感じる。

「クリをいじりながら、指を二本、あそこに入れて、かきまわしていたの」

熱い吐息を耳に吹きかけるようにして、麗が教えてくれる。ぞくぞくしてたまらない。

「ああ、ああっ……おち×ぽが欲しい……」

と、隣からはっきりと聞こえる。

「週末、いかせまくった彼氏はいないみたいなの」

それは俺だよ、麗。

「待ちきれないのかな」

麗が話すたびに、甘い息を耳に感じる。俊介はたまらず二の腕をすりすりする。

すると、その手を麗がつかんだ。まずかったか、と思ったが、俊介の手を麗がタンクトップの胸もとに運んだのだ。

俊介は目をまるくさせた。驚きつつも、胸もとから手は引かない。むしろ、そのままつかんでいった。

「はあっ……」

と、麗が火の息を吐く。

タンクトップにブラカップがついていた。ブラカップを押しつけるように、揉んでいく。

「ああ……じかに……」

と、麗が言う。

タンクトップを脱がせてということかっ。

瑠衣のオナニーをのぞき見て、かなり興奮しているようだ。

俊介はタンクトップの細いストラップをつかむと、左右同時に引き下げていった。胸もとがまくれ、たわわな乳房があらわれた。

ああ、麗のおっぱいっ。

麗の乳房は見事なお椀《わん》形だった。乳首はすでにつんとしこっている。

俊介はすぐさま、お椀形をつかんでいった。手のひらで乳首を押しつぶすように、揉んでいく。

「あ、ああんっ」

麗が大きな声をあげた。

まずいっ。瑠衣に聞かれたか。

瑠衣の喘ぎ声が聞こえなくなった。

「ああ、お隣に、聞かれたかな」

耳もとで、麗が囁く。

もっと聞かせてやろう、と俊介は力強く、ふたつのふくらみを揉みしだきはじめる。美麗なお椀形が、俊介の手で淫らに形を変えていく。

「はあっ、あんっ、やんっ……」

と、麗がさらに大きな声をあげる。麗も隣に聞かせる気になっている。

すると、ごとっ、と隣から音がした。

「あ、ああ……のぞいているかしら」

と、麗が聞く。

「そうかもしれませんね」

「じゃあ、見せてあげないと」

俊介が麗の身体を引き寄せたため、今、のぞき穴の真横で乳房を揉んでいた。のぞき穴からは見えない位置だ。

麗がのぞき穴の前に移動した。たわわな乳房を見せつける。そして、俊介を手招きする。

俊介は麗の背後にまわり、両手を前に伸ばすと乳房をつかんだ。瑠衣に見せつけるように乳房を揉んでいく。

「あっ、あんっ」

麗が大きな声をあげる。のぞいている瑠衣からは、俊介の手で揉みしだかれている麗の乳房しか見えないはずだ。

「気持ちいい……ああ、気持ちいいの……」

麗がこちらに美貌を向ける。唇がキスをねだっていた。俊介は乳房を揉みつつ、キスしていく。すぐさま、麗が舌を入れてくる。さっきより唾液がより甘くなっている。

ぴちゃぴちゃと舌をからめつつ、乳房を揉みまくる。乳房がしっとりと汗ばんでくる。

「ああ、おち×ぽ舐めたい」

麗がいきなりそう言う。

そして、こちらを向くと、短パンのボタンに手をかけてきた。

「えっ、ああ……麗さん……」

あっという間に短パンを脱がされ、ブリーフも下げられた。

麗の鼻先でびんびんのペニスが弾《はじ》ける。

「ああ、すごいわ……大きいのね、俊介さん」

麗が妖しく潤んだ瞳で、膝立ちの俊介を見あげている。麗は両膝をついた形でペニスと向き合っている。ショーパンに包まれたヒップを、のぞき穴に突き出している。

瑠衣からは麗の尻しか見えていないだろう。

「ああ、我慢汁が」

どろりと出てきた我慢汁を目にするなり、麗はピンクの舌を出して、ぺろりと舐めてきた。

「ああっ……」

まさか、麗に先っぽを舐めてもらえるなんて。

「俊介さんのおち×ぽ、おいしい」

そう言うと、さらにぺろぺろ舐めてくる。先っぽだけを責められる。

「あ、ああ……そこ……ああ……気持ちいいです」

思わず、俊介は腰をくねらせる。

「ああ、おち×ぽ、ああ、瑠衣もおち×ぽ、欲しい……」

と、隣から瑠衣の声が聞こえた。

その声を聞き、麗が唇を引いた。もうフェラをやめるのか、と思ったが、違っていた。俊介の腰をつかむと、壁へと寄せる。ちょうど、穴から俊介の股間がのぞけるような位置に横向きに立たせると、あらためて反り返ったペニスに唇を寄せてきた。

先端をぺろりと舐める。すると壁の向こうから、

「おち×ぽ……ああ、おち×ぽっ」

と、瑠衣の声がする。見られていると確信した麗が、ねっとりと裏スジに舌腹を押しつけてくる。

「うう……」

俊介は腰をくねらせる。麗も昂っていたが、俊介も瑠衣に見られながら麗に舐められていると思うと、ち×ぽの感度が倍加した。

「ああ、おち×ぽ、ああ、瑠衣も舐めたい……舐めたいの」

瑠衣の切羽詰まった声がする。麗は裏スジから先っぽにかけて、舐めあげている。そして唇を開くと、ぱくっと先端を咥える。

じゅるっと吸われ、俊介は危うく暴発しそうになる。ぐっとこらえる。

麗が胴体まで咥えてくる。一気に根元まで咥える。

「ああ、食べたい、瑠衣も食べたいのっ」

瑠衣の声を聞くと、麗は燃えるのか、優美なラインを描く頬を極端に窪ませ、根元から強く吸いあげてくる。

そして、下げ、吸いあげ、下げ、吸いあげる。

「うんっ、うっんっ、うんっ」

まさに口ま×こ状態だ。

俊介は気持ちよすぎて、ずっと腰をくねらせている。

5

「ああ、欲しくなってきた……ああ、お口じゃないところに……欲しくなってきたの」

麗が妖しく潤ませた瞳で俊介を見あげ、そう言う。

「麗さん」

俊介はその場にしゃがむと、麗の唇を奪う。瑠衣に見られているのも構わず、いやむしろ、瑠衣に見せつけるように、麗の唇を貪っていく。

「うんっ、うんっ」

俊介の舌を貪りつつ、麗は唾液まみれのペニスをつかみ、しごいてくる。

「これ、欲しいの……いいかしら、俊介さん」

「もちろんです。僕も入れたいです」

「脱がせて」

と、麗が言い、俊介はショーパンのフロントボタンをはずし、ジッパーを下げていく。すると、深紅のメッシュパンティがあらわれた。

「ああ、すけすけですね」

「恥ずかしいわ……」

と言いつつも、俊介を見つめる麗の瞳がさらに潤んでくる。その潤みは、パンティの奥の潤みをあらわしているようだ。

ショーパンを脱がせ、メッシュのパンティも下げていく。品よく生えそろった恥毛があらわれる。

おんなの縦スジは剝き出しだ。

麗は、自らの手でタンクトップを脱ぎ、全裸となった。それを見て、俊介もTシャツを脱ぎ、裸になる。

「おま×こ、見たいです」

と、俊介は言う。

「いいわ……見て……入れる穴を見て……」

裸になって、麗はますます興奮しているようだ。

麗はのぞき穴に横を向けたまま、両足を開く。俊介は麗の股間に顔を寄せていく。俊介の間抜けな横顔が、のぞき穴からまる見えだが、仕方がない。

俊介は剝き出しの割れ目に指を添えると、開いていく。

「ああ……恥ずかしい……」

俊介の前に麗の花びらがあらわれる。ピンク色の可憐《かれん》な花びらだ。それはしっとりと濡れて、幾重にも連なった肉襞が恥じらうようにきゅきゅっと蠢いている。

いや、これは恥じらっているのではなく、入れて、と誘っているのか。

俊介は顔を寄せていく。すると、石鹼の薫りがした。

「恥ずかしいわ……」

俊介は麗の腰をつかみ、股間の向きを変えていく。斜めにして、瑠衣からも見えるようにしていく。

「えっ、なに……恥ずかしいよ……」

麗は鎖骨まで真っ赤にさせている。でも、のぞき穴から離れたりはしはしない。恥ずかしい、と言いつつ、あらわなおま×こをひくひくさせている。

今、麗を燃えさせるのは、瑠衣をからめるのがいちばんんだ。日頃、顔を合わせている同じアパートの未亡人に恥態を見られて、興奮しまくっている。

俊介は麗の恥部に顔を寄せていく。顔面を埋めるのではなくて、のぞき穴からの瑠衣の目を意識して、舌だけ出して、ぺろりと割れ目を舐める。

「あんっ……」

興奮状態の麗は割れ目を舐められただけでも反応する。

割れ目だけを舐めていると、

「中も……舐めて……」

じれた麗が、そう言う。

顔を埋めたいのを我慢して、舌をさらに伸ばし、のぞき穴から見えるように潤んだ花びらを舐めていく。

「はあっんっ、あんっ」

麗の媚肉は大量の蜜であふれている。それを大きく伸ばした舌で、瑠衣に見せつけるようにぺろぺろ舐めていく。

「ああ、ああ……もっと舐めて」

麗の愛液がとめどなくにじみ出てくる。舐めても舐めても、花びらは蜜まみれだ。

「舐めてっ、ああ、瑠衣のおま×こも舐めてっ」

と、隣から瑠衣の声がした。すると、肉の襞の群れがざわざわと蠢く。

俊介は蠢きに誘われ、顔面を麗の恥部に埋めた。顔面が麗の匂いに包まれる。

もう、石鹸の匂いはしなかった。それを凌駕《りょうが》する、牝の匂いが薫っている。

俊介はぐりぐりと顔面をこすりつける。額で、クリトリスをこすりあげる。

「あ、あんっ」

と、麗がひくひくと股間を震わせる。

「ああ、瑠衣のおま×こも舐めてっ、俊介さんっ。もう、見せつけられるの、いやですっ」

ついに瑠衣が俊介の名前を呼んだ。

麗が恥部を引いた。

まずい。麗を怒らせたか。

麗が俊介の耳もとに、上気させた美貌を寄せてきた。

「週末、瑠衣さんをいかせまくったのは、俊介さんなのね」

火の息を吐きかけるように、麗がそう言う。

はい、とうなずくと、

「私もいきたい。瑠衣さんみたいにいかせまくって」

と言うと、仰向けになった。両膝を立てて、大胆に開く。

両足は開いていても、割れ目は閉じていた。そこに、俊介は鎌首を向けていく。

あらたな我慢汁だらけだ。それを見た麗が、あら、と言うなり、上体を起こし、先端にしゃぶりついてきた。

じゅるっと吸うと、すぐに唇を引く。真っ白だった鎌首が、麗の唾液に塗りかわっている。

「入れて……」

麗が俊介を見あげつつ、そう言う。

「いやっ、瑠衣に入れてっ。麗さんじゃなくて、瑠衣に入れてっ」

と、隣から瑠衣の声がする。すると、ぴっちりと閉じていた麗の割れ目が、じわっと開いた。

あらわになった媚肉は、私に入れて、と誘っている。

「麗さんっ」

と、瑠衣がのぞいている前で、鎌首をめりこませていった。

「あうっ」

先端が麗の粘膜に包まれた。それはとても熱かった。

そのまま、ずぶずぶっと埋めこんでいく。麗の中はぬかるみで、俊介のペニスを難なく受けいれる。

一気に奥まで貫くと、抜き差しをはじめる。

ひと突きごとに、汗ばんだお椀形の乳房がゆったりと揺れる。乳首はつんととがりきったままだ。

「あんっ、いい、おち×ぽ、いいっ」

と、麗が叫ぶ。

「いやっ、瑠衣のおち×ぽよっ」

と、隣から瑠衣の声がする。瑠衣の声がすると、麗のおま×こが強烈に締まってくる。

「うう……」

俊介はうめき、突きをゆるめる。

「ああ、突いてっ、激しく突いてっ。どうしたの、俊介さんっ。すごテクなんでしょうっ」

ちょっと締められただけで突きをゆるめる俊介を、麗がなじるように見つめている。麗は誤解している。

俺はこの前、番台熟女相手に童貞を卒業したばかりなんだよ。すごテクなんてないよ。

「ああ、突いてっ」

麗はすごくいきたがっている。恐らく、ブラック仕事で、ストレスがかなりたまっているのではないのか。

俊介が奈津や瑠衣相手にエッチをして、ストレスが解消されたように、今度は俊介がこのち×ぽで、麗のストレスを解消してあげる番なのだ。

俊介はくいくい締まる肉の襞をえぐるようにして、ずどんっと突いていく。

「いいっ」

麗の背中がぐぐっと反る。

俊介は渾身の力を入れて、麗のおま×こを突きまくる。

「いい、いいっ……もっとっ……」

麗のよがり声が、桃風荘全体に響いている。

「いや、いやっ。瑠衣も泣きたいっ。俊介さんのおち×ぽで泣きたいのっ」

隣から瑠衣の声がする。すると、麗のおま×こが万力のように締まった。

「ううっ……」

俊介は暴発しそうになった。腰の動きを止める。

すると、麗が上体を起こしてきた。繋がったまま、たわわな乳房を胸板に押しつけつつ、キスしてくる。

熱い息を吹きかけながら、舌をからめてくる。この繋がったままのベロチューはかなり利く。動きは止めているからどうにか出さずにすんでいたが、下の口を塞ぎつつの上の口塞ぎは刺激的だ。

麗が唇を引いた。そして、俊介の胸板を強く押した。

あっ、と俊介が仰向けに倒れていく。繋がったままだ。

麗が女性上位の形で、腰をうねらせはじめる。

6

「ああ、麗さんっ」

麗主導となり、俊介はうめく。

麗はおま×こ全体で俊介のち×ぽを貪るように腰をうねらせる。ペニスが斜めに倒され、円を描くように動いている。もちろん、先端からつけ根までぬかるみに締められている。

麗主導だから、こちら側で突きの調整ができない。瞬く間に、暴発曲線が上昇していく。

麗は両手を俊介の胸板に置くと、繋がっている股間を上下に動かしはじめた。

「ああっ、麗さんっ、それ、だめですっ」

「出していいわよ、俊介さん」

荒い息を吐きつつ、麗がそう言う。

「まだ、エッチでいかせてません」

「いいのよ。俊介さんのこと、誤解していたみたいだから」

どうやら、エロテクではないことがばれたようだ。だから、麗主導に切りかえたのだろうか。

ばれても、麗は繫がったままだ。これでいいのだと思うと、なんか安心した。

が、麗の上下責めはかなりきつく、出そうなのには変わりがない。

「突いてっ、俊介さんっ」

「だめっ」

と、壁の向こうから瑠衣の声がする。そしてすぐに、

「ああっ、ああっ、おち×ぽ、いいっ」

という声がした。どうやら、瑠衣はバイブを使いはじめたようだ。

「いい、いいっ、おち×ぽいいのっ」

瑠衣の声が大きく響いてくる。

「俊介さんっ、バイブに負けないでっ」

と、麗が言う。確かにそうだ。おもちゃなんかに負けてたまるかっ、と俊介は渾身の力で突きあげる。

「あうっ、もっとっ」

火の息を吐きつつ、麗自身も腰を上下に動かす。たわわな乳房をぷるんぷるん

弾ませ、俊介のペニスに強烈な摩擦を与える。

「ああ、出そうですっ」

「いいわっ。ちょうだいっ。ああ、俊介さんのザーメン、子宮にちょうだいっ」

子宮という言葉に、俊介は反応した。

「おうっ」

と吠えると、俊介は射精させた。垂直に咥えこまれているため、火山の噴火のようにザーメンが子宮めがけ、噴きあがる。

「あっ……ああ……」

麗の汗ばんだ裸体が硬直した。そして、がくがくと震えはじめる。

ザーメンの噴きあげは勢いよく続く。

「ああ……い、いく……いくいく……」

と、麗がいまわの声をあげた。

ぐぐっと背中を反らし、あごも反らす。白い喉もひくひく動いている。

「ああ、いやいや、勝手にいかないで……瑠衣、まだなの……まだいけないの」

バイブではなかなかいけないのか。

脈動が鎮まった。麗が上体を倒してきた。汗ばんだ乳房を胸板に押しつけ、美貌を寄せてくる。

「俊介さんのテクがわかったわ」

ちゅちゅっと啄《ついば》むようにキスをしつつ、麗が言う。

「えっ……テクなんてないですよ」

「ううん。射精よ」

「射精……」

「そう。ザーメンの噴射する勢いがすごいの。なんか、消防車の噴射を子宮に受けているような感じなの……」

「そうなんですか」

「だから、いっちゃった……」

頬をほんのりと染め、また唇を重ねてくる。今度は、ねっとりと舌をからめてくる。からめつつ、腰を上下させはじめる。

大量に出して萎えかけていたペニスが、ぴくっと反応する。

「ああ、瑠衣も俊介さんのおち×ぽが欲しいのっ……ああ、バイブじゃいけないのっ」

と、隣から瑠衣の切羽詰まった声がする。いつ、こっちの部屋に乱入してくるかとドキドキする。

「お隣さんが来たら、どうするのかしら」

と、麗が聞く。

「ど、どうするって……」

「どっちのおま×こに入れるのかしら」

妖しく潤ませた瞳で見つめ、麗が聞く。

「どっちって……もちろん」

「もちろん？」

「瑠衣に入れてっ、俊介さんのおち×ぽ、瑠衣に入れてくださいっ」

こちらの話が聞こえたみたいに、絶妙のタイミングで瑠衣が叫ぶ。

「麗さんです。麗さんのおま×こにしか入れません」

「あら、うそばっかり」

麗のおま×こが万力のように締まる。萎えるなんてゆるさない、とくいくい締めてくる。

「ううっ……」

と、俊介は思わずうなる。

「まだできるでしょう。これで終わりじゃないわよね。週末、瑠衣さん、いきまくっていたから」

「もちろん、終わりじゃないですっ」

俊介は腰を突きあげていく。はやくも九分まで勃起を取り戻していた。麗の締めつけが素晴らしいのもあったが、隣でち×ぽを欲しがる瑠衣の存在も大きかった。

それは麗も同じようで、俊介が突きはじめるとすぐに、

「ああっ、おち×ぽ、いいっ、もう大きくなったのね……ああ、うれしいわっ」

と、瑠衣に聞こえるように大声をあげる。そして麗自ら、再び腰を上下させていく。

「ああ、麗さん」

俊介のペニスが、ずぼずぼと麗の穴を出入りするのがはっきりわかる。さっき出したばかりのザーメンは穴に入ったままで、それがペニスにからみつき、上下動するたびに泡立っている。

エロい眺めに、俊介は昂る。これまでAVで何度も見てきたが、これはリアルなのだ。今、麗の穴をずぼずぼさせているのは、俊介自身のち×ぽなのだ。

「ああっ、もっとっ、強くっ」

と、麗がさらなる突きをねだる。麗も瑠衣や奈津同様、貪欲だ。

まあ、貪欲だから、俊介を誘惑したのだろう。

性に対して淡泊なら、そもそもこうなってはいない。

今度はち×ぽの突きでいかせるべく、俊介は気合を入れて、突きあげていく。

「いい、いいっ」

「ああ、瑠衣も突いてっ、瑠衣もナマのおち×ぽが欲しいのっ」

瑠衣の声がする。バイブで自らの媚肉を責めつつ、ずっとのぞき穴からこちらを見ているのだ。

俊介は体位を変えることにした。

「バックはどうですか」

と、麗に問う。

「ああ、いいわ。突いて……」

麗が股間を引きあげていく。泡立ったペニスが姿を見せる。エラで逆向きにこすられ、あんあん、と麗が喘ぐ。

割れ目から、ペニスが出てきた。麗はすぐには四つん這いにならず、ペニスにしゃぶりついてきた。ザーメンで泡立ったペニスを咥える。

「ああっ、麗さんっ、それ……」

泡ザーメンまみれのペニスを吸われ、俊介は腰をくねらせる。

「うんっ、うっんっ」

麗は上気させた美貌を上下させて、俊介のペニスを貪っている。

そして唇を引きあげると、裸体の向きを変えていった。こちらにぷりっと張ったヒップを向けてくる。ということは、上気させた美貌を、のぞき穴から見ている瑠衣にさらすことになる。

突かれてよがる顔を、瑠衣に見せつける気なのだ。

「ああ、入れて、バックで入れて」

と、麗が言う。俊介を誘っているというより、瑠衣を挑発している感じだ。

俊介は麗の尻たぼをつかむと、ぐっと開き、唾液に塗りかわったペニスを入れていく。先端が蟻の門渡りをなぞるだけで、あんっ、と麗が甘い声を洩らす。

ずぶり、と一気に貫いていく。

「ああっ……」

麗がさっそく愉悦の表情をさらす。

「ああ、きれい……」

と、壁の向こうから、瑠衣の声がした。

きれいと言われ、麗の媚肉がきゅきゅっと締まる。俊介は尻たぼに指を食いこませて、力強くえぐっていく。

「いい、いいっ……おち×ぽ、いいのっ」

「ああ、瑠衣も……ああ、ああ、いいの……ああ、ああっ」

隣からもかなり甲高い声が聞こえはじめる。

いつの間にか、壁を挟んでよがり声を競うようになっている。相手はバイブだ。負けられない。ナマち×ぽの意地がある。

俊介は勢いをつけて、バックから突きまくる。

「いい、いいっ、ああ、おち×ぽ、おち×ぽ、いい、いいのっ」

「ああ、ああっ、いやいや、おもちゃじゃいやっ。瑠衣も俊介さんのおち×ぽでいきたいのっ」

壁の向こうでも、俊介のち×ぽを欲しがっている。いきなり、モテ男となっている。まさか、レトロ感満載の風呂なしアパートで、女体三昧《ざんまい》の暮らしを送ることになるとは。

「あ、ああっ、いきそう……ああ、おち×ぽで、いきそうよ」

麗がのぞき穴に向かって、そう言う。

「いやいやっ、麗さんだけなんていやっ。瑠衣もおち×ぽでいきたいのっ」

「麗がいくの……ああ、麗がおち×ぽで、いくのっ」

またも、麗のおま×こが万力のように締まる。

「あうっ」

突きが弱くなる。

「突いてっ、突いてっ。おち×ぽでいかせてっ」

ち×ぽでいかせるぞっ、と渾身の力で突いた。

「ひいっ、い、いく……」

麗がいまわの声をあげた。その声を聞き、俊介ははやくも二発目をぶちまけた。

「あっ、いくいく……いくいくっ」

ザーメンが子宮を襲うたびに、麗がいくと叫んだ。

第四章　腋全開の女子大生

1

翌日——出勤しようと、燃えるゴミを入れた袋を持って部屋を出ると、ちょうど、瑠衣のドアも開いた。

「おはようございます」

と、瑠衣が丁寧に挨拶する。ノースリーブのカットソーにショーパン姿だ。白い二の腕とむちっとした太腿が朝から眩しい。出勤前には目の毒だ。

顔はすっぴんだった。剝き出しの肌は艶っぽかったが、すっぴんの顔には色香はない。昨晩のよがり声を、この未亡人が出していたのか、と疑いたくなる。が、すぐに出していたことがわかる。

「あの……」

はい、と俊介は瑠衣を見る。

「彼女さん、ですよね？」

と聞いてくる。

「えっ……」

「昨日の……彼女さんですよね」

麗のことだと思った。麗は彼女なのか。いや、違うだろう。友達にはなったが、彼女ではない。でも、エッチはしていた。

「いや、違います……」

と、俊介はかぶりを振る。

「そうなんですね」

と、瑠衣が笑顔になる。

「じゃあ、これからも、いかせてくれますね」

と言うと、そろりとスラックスの股間を撫でてきた。

あまりにとつぜんで、俊介はひいっと素っ頓狂な声をあげてしまう。それでいて、一気に勃起させていた。

それに気づいた瑠衣が、うれしい、とつぶやき、ぎゅっとつかんできた。

「あっ……」

またも、声をあげる。

「今夜、おねがいしますね」

そう言うと、ちゅっと頬にキスしてきた。

それから駅に向かう間、ずっと勃起させていた。歩く速度が遅くなり、次々と駅に向かうサラリーマンに追い越された。


その夜、アパートに帰りついたときは、午前零時をまわっていた。

湯船に浸かりたかったが、平日の夜はもう閉めている気がした。二階を見ると、麗の部屋は暗かった。瑠衣の部屋には明かりが点いている。明かりを見るだけで、勃起させていた。

とりあえず俊介は、着がえもせずに桃の湯に向かった。案の定、すでに閉まっていた。俊介は呆然《ぼうぜん》と店の前で立ちつくした。すると、男湯の扉が開いた。

「待ってたわよ。まだ、お湯は抜いてないから、どうぞ」

と、奈津が手招きした。奈津はTシャツにショーパン姿だった。あぶらの乗った太腿から、エロスがにじみ出ている。

「ありがとうございます」

と、俊介は中に入った。

「脱がせてあげるわ」

と、奈津が脱衣場でネクタイをゆるめはじめた。

女性にネクタイを取ってもらうのは、はじめてだった。奈津、瑠衣、そして麗とエッチはしていたが、そのときは、いつも俊介はラフなかっこうをしていた。

奈津は手際よく、ネクタイを抜き取った。

ちゅっとキスして、ワイシャツのボタンをはずしはじめる。

「なに、にやけているの」

「いや、なんか、女の人に、ネクタイやワイシャツ、脱がせてもらうのって、いいですね」

「あら、これくらい、いつでもやってあげるわよ」

ワイシャツのボタンをすべてはずすと、脱がせる。そして、Tシャツをたくしあげる。俊介は万歳する。

顔がTシャツで覆われたところで、奈津が右の乳首に吸いついてきた。

「あっ……」

不意をつかれ、ぞくぞくとした快感に、俊介は声をあげる。

Tシャツを中途半端な状態にさせたまま、ちゅうちゅと乳首を吸っている。

「あ、ああ……」

Tシャツで前が見えない。両手は万歳したままだ。なんとも情けないかっこうで乳首を責められていたが、いつも以上に興奮した。

奈津が左の乳首も吸ってくる。唾液まみれにさせた右の乳首は指で軽くひねってくる。

「ああ、ああ……」

俊介の喘ぎ声だけが、脱衣場に流れる。

奈津が唇を引いた。Tシャツを脱がせてくれる。そしてまた、ちゅっとキスしてくると、スラックスのベルトに手をかけてくる。下げると、もっこりとしたブリーフがあらわれる。

「今日もすごく疲れた顔しているけど、こっちは元気なのね」

「疲れているように見えますか」

「すごく見えるわ。大丈夫、私の身体でリフレッシュさせてあげるから」

そう言うと、ブリーフを下げた。弾けるようにペニスがあらわれる。

確かに、俊介は疲れきっていた。奈津とエッチするために、桃の湯に急いだのではなく、純粋に湯船に浸かりたかったのだ。

「おち×ぽは、疲れ知らずね」

確かに、ち×ぽは見事な反り返りを見せていた。高円寺に越してくるまでは、こっちのほうも元気がなくなっていた気がする。けれど、少なくとも桃風荘に越してからは、ち×ぽだけは元気だ。

奈津がしゃぶりついてきた。

「ああっ、奈津さん……こんなところで……」

脱衣場で、俊介は腰をくねらせる。

奈津は根元まで咥えると、強く吸ってくる。

「あ、ああ……」

はやくも我慢汁が出る。それを、奈津はちゅうちゅう吸ってくる。

「ああ、我慢のお汁、おいしいわ」

「あの……」

「なにかしら」

唇を引き、ちゅっちゅっと先っぽを啄みつつ、奈津が見あげる。

「湯船に浸かりたいんですど」

「あら、お風呂に入りに来たのね」

「そうです……」

「いいわ。入りましょう」

と言うと、奈津がその場でTシャツを脱ぎ、ブラも取った。たっぷりと実った乳房があらわれ、甘い汗の匂いが薫ってくる。それを嗅いで、奈津も一日、がんばって働いたんだ、と思うと、抱きしめたくなる。

ショーパンを脱ごうとしている奈津の身体を抱き寄せ、ぎゅっとする。

「あんっ、待って……」

奈津はショーパンを足首から抜き、パンティに手をかける。

今日は白のすけすけパンティだ。こんなパンティを穿いて、番台に座っていたなんて。しかも割れ目が当たっている部分は、濃いシミができていた。

「番台に座っていて、濡らしていたんですか」

「いえ……そんなわけないでしょう……私が淫乱《いんらん》みたいじゃないの……俊介さんのおち×ぽしゃぶって、濡らしたに決まっているでしょう」

奈津は恥じらいの表情を見せて、パンティを剝き下げていく。

「行きましょう」

と、全裸になった奈津が男湯に向かっていく。

長い足を運ぶたびに、ぷりぷりっとうねる尻たぼに、俊介は見惚れた。

ガラス扉を開き、はやく、と奈津が手招きする。

俊介も裸になり、あとを追う。お互い、お湯を股間にかけ合うと、湯船に入っていく。

「ああ、ちょっとぬるくなっているわね」

「ちょうどいいです。ぬるいお湯が好きだから」

「あら、そうなの」

さっそく、奈津が湯船の中で俊介に抱きついてくる。勃起させたままのペニスを逆手でつかむなり、対面座位で繋がってきた。

「あうっ、うんっ」

「ああ、奈津さん……」

瞬く間に、俊介のペニスが奈津のおま×こに包まれる。二十七年間、まったく縁のなかったおま×こだが、童貞を卒業してから、毎晩のように包まれている。

「ああ、硬いわ……いつも硬いのね」

火の息を吐き、奈津はゆっくりと股間をうねらせる。たわわな乳房は胸板に押しつけ、とがった乳首を自らつぶしていく。

「ああ、奈津さんのおま×こ、いつもぐしょぐしょですね」

「あら、言ったわね」

こうしてあげる、と乳首を摘まむと、強くひねってきた。と同時に、対面座位で繋がっている股間を上下に動かしてくる。

「あああっ……」

ちゃぷちゃぷとお湯の音を立てて、奈津が責めてくる。

俊介も奈津の尻たぼつかむと、突きあげていく。これでは、湯船でゆったりくつろげない。

「ああ、お湯の中だともどかしいわ。出ましょう」

と、はやくも奈津が洗い場に出たがる。ペニスを根元まで呑みこんでいるおんなの穴を引きあげていく。

「あっ」

と、俊介のほうがうめく。奈津が熟れ熟れの裸体からお湯の雫を垂らしながら、湯船から出る。

そして、洗い場に四つん這いになった。

上体を伏せて、むちっと盛りあがった双臀をさしあげ、そしてくねらせている。

「ああ、奈津さん」

俊介は湯船から出た。ペニスを揺らしつつ、奈津の背後に膝をつくと、尻たぼをつかみ、すぐさま入れていく。一気に奥まで突き刺した。

「いいっ」

一撃で、奈津が歓喜の声をあげる。

俊介は最初から飛ばした。ずどんずどんっとバックで突きまくる。

「いい、いいっ、すごい、すごいわ。ああ、俊介さんのおち×ぽ、すごいのっ」

突くたびに、重たげに垂れた乳房がぷるんぷるんと弾み、左右のふくらみがぶつかる。背中から双臀にかけて、汗の雫が浮きあがる。

「ああ、出そうですっ」

「いいわ。出してもいいわよっ」

「いいんですかっ」

「もちろん、一発で終わらないわよ」

今夜も銭湯で二発出すのか……ああ、疲れを取るために銭湯に来たが、二発も出すと、よけい疲れる気がした。かといって、勝手に一発出して帰るわけにもいかない。

一発目を我慢しようと思ったが、無理だった。バツイチ熟女の締めつけの前に、あっさりと討死した。

2

結局、三発、奈津の中に出して、ようやく解放してもらえた。

俊介はふらつきながら、桃風荘に戻った。麗の部屋も、瑠衣の部屋も暗かった。もう午前二時近くになっている。ふたりとも寝たのだろう。

隣を起こさないように、と俊介はとても慎重にドアを開き、自室に入った。

ネクタイをゆるめ、ワイシャツを脱ぎ、スラックスを脱いでいると、そっとドアがノックされた。とても小さな音だったが、俊介にはやけに大きく聞こえた。

瑠衣だと思った。瑠衣以外、ありえない。

もう三発出している。今夜は無理だと思ったが、出ないわけにもいかず、はい、とドアを開いた。

すると、裸の瑠衣が立っていた。

その場にしゃがむなり、ブリーフを下げてきた。すると、弾けるようにペニスがあらわれた。

裸の瑠衣を見た瞬間、勃起させていたのだ。

「ああ、うれしいわ……もう、こんなに……裸で訪ねたかいがあったわ」

反り返ったペニスを潤んだ瞳で見つめ、しゃぶりついてきた。

「ううっ……」

三発出してはいたが、風呂あがりゆえに、ペニスはきれいだった。瑠衣は一気に根元まで咥えると、じゅるっと吸いあげる。

「ああ、瑠衣さん……こんなところで……やばいよ……」

深夜とはいえ、アパート一階のドアの前で、全裸の瑠衣がフェラしているのだ。

「うんっ、うんっ」

と、悩ましい声を洩らしつつ、俊介のペニスを貪る。

「ああ、おいしいわ……すごくおいしいの」

瑠衣は立ちあがると、俊介にキスしてきた。ぬらりと舌を入れ、唾液を注ぎながら右手をつかむと、剝き出しの恥部へと導いていく。

なにもしないでいると、

「指で、おま×こ、いじって」

瑠衣が火の息とともに、そう言う。

俊介は人さし指を瑠衣の中に入れる。そこは、想像以上にぬかるみだった。

「かきまわして……」

「声、出しちゃ、だめですよ」

「出さないから……我慢するから」

おま×こがきゅきゅきゅっと動く。

俊介はぬかるみの中をまさぐりはじめる。するとすぐに、

「あっ、あんっ……」

と、瑠衣が甘い声をあげる。

「ごめんなさい……気持ちよくて……」

恐らく俊介が帰ってくるのを、息をつめて待っていたのだろう。待っている間が、濃厚な前戯になっていたようだ。

「中に入りましょう」

と、瑠衣を自室に入れようとしたが、待てよ、とためらった。真上が麗の部屋なのだ。それに気づいたのか、私の部屋に、と瑠衣が言い、ペニスをつかむと移

動する。

俊介は瑠衣の中に指を入れたままだ。お互い相手の急所をつかんで、瑠衣の部屋に移った。部屋に入るなり、

「おち×ぽ、入れて」

と、すぐに瑠衣が欲しがった。六畳間に布団が敷いてある。

瑠衣は仰向けになると両膝を立てて、開いていった。

俊介はTシャツを脱ぎ、裸になると、瑠衣の恥部にペニスを向けていった。それは信じられないほど、ぎんぎんだった。

三発出しても、女が変われば、びんびんになるんだな、と思った。それとも、こんなにやりまくっても、二十七年間の童貞時代にたまったものは、まだぜんぜん吐き出されていないのかもしれない、とも思った。

とにかく勃起しているペニスの先端を、瑠衣の中に埋めこんでいく。

「ああっ……」

またも声をあげ、いけない、と瑠衣が手の甲を口に当てる。そんな仕草が色っぽく、瑠衣の中でひとまわり太くなる。

「ああ、大きくなったわ……うれしい……」

瑠衣のおま×こが、強烈に締めてくる。三発出したあとゆえ余裕だったが、激しく突くのはためらわれた。

絶対、瑠衣が大声でよがるからだ。麗に聞かれたくなかったのがいちばんの理由だが、こんな静まり返った深夜に、よがり声など厳禁だ。お気に入りの桃風荘を追い出されかねない。

たぶん、いや間違いなく、桃風荘を出たとたん、このモテ期は終わるだろう。

俊介はゆっくりと奥まで埋めこんでいく。

上体を倒し、胸板で乳房を押しつぶしつつ、ゆっくり抜き差しをする。

それでも、

「ああ、ああ……」

と、瑠衣が手の甲から、喘ぎ声を洩らす。

「ごめんなさい……どうしても、声が出るの」

こうすれば、と瑠衣が小指を嚙《か》んでみせた。その仕草に俊介は昂り、強く突いてしまう。

「ううっ……うう……」

瑠衣が眉間《みけん》に深い縦皺《たてじわ》を刻ませ、懸命に喘ぎ声を我慢している。

その表情にさらに昂り、俊介は激しく抜き差しをする。

「うう、ううっ、うう」

白い歯を小指に食いこませていく。

喘ぎ声を我慢している顔がたまらない。ゆっくり突くつもりが、思わず力が入る。

「ううっ」

瑠衣が今までと違って、そんなに責めないで、という目で見つめている。小指はずっと噛んだままだ。

劣情の血が沸き立ってくる。こんな興奮の仕方もあるんだな、と思う。

俊介はさらに激しく突いていく。すると瑠衣が上体を起こし、唇を俊介の口に押しつけてきた。口を塞いで喘ぎ声を小さくさせようということのようだ。

俊介は突きあげていく。なにせ、三発も出しているのだ。一度勃起してしまえば、最強だった。

「う、ううっ、ううっ」

いつもと違う激しい突きの連続に、瑠衣が火の息を吐きかけてくる。俊介にしがみつき、自らも腰をうねらせている。

俊介の上下動に、瑠衣の円を描くような動きが加わり、あらたな刺激を呼ぶ。

「ああっ、いいのっ。今夜の俊介さんっ、ああ、すごいのっ」

唇を引き、瑠衣が叫ぶ。

「だめですよっ」

と、あわてて手のひらで、瑠衣の口を覆う。覆いつつも、さらに力強く突きあげていく。

「う、ううっ」

瑠衣は懸命によがり声を我慢している。そんなに激しくしないで、と潤んだ瞳で訴えてくる。

よがり声を出させちゃだめだ、と思えば思うほど、突きに力が入る。

「うう、ううっ、ううっ」

対面座位で突きあげるたびに、火の息が吹きこまれてくる。

「ああ、もうだめ……声、我慢できないの。ああ、泣いていいかしら、ああ、瑠衣、思いっきり泣いていいかしら」

「だめですよ」

そばに、瑠衣のパンティが落ちていた。白のメッシュパンティだ。

それをまるめて、瑠衣の口に押しこんだ。

「四つん這いだっ、瑠衣っ」

と、呼び捨てにして命じる。すると、瑠衣は目をとろんとさせて、パンティを咥えたまま、四つん這いの形を取っていく。

俊介は尻たぼをつかむと、すぐさま愛液まみれのペニスをバックからぶちこんでいった。

「ううっ」

未亡人の双臀がひくひくと動く。俊介は尻たぼを張りたかったが、我慢した。

尻たぼに指を食いこませ、力強く突いていく。

「う、ううっ、ううっ」

ひと突きごとに、瑠衣の背中が反ってくる。

俊介は瑠衣の中からペニスを抜いた。どうして、と瑠衣がこちらを向いてくる。

パンティは咥えたままだ。

俊介は瑠衣の腕をつかむと引きあげた。そして、壁に向かって立たせる。

立ったまま、尻からペニスを入れていく。

「ううっ……」

強烈な締めつけを受けつつも、俊介は立ちバックで突いていく。

「うう、ううっ、ああっ、だめだめっ、いいっ」

うめきすぎて、パンティを吐き出したようだ。

俊介は瑠衣の髪をつかむと、こちらを向かせ、唇を口で塞ぎつつ、さらに立ちバックで突きつづける。

「うう、ううっ、ううっ」

瑠衣が、信じられないといった目を俊介に向けている。

俊介はいっぱしのAV男優になった気がした。今夜だけの、万能ち×ぽだ。

このままいかせるべく、舌をからめつつ、突きまくる。

「う、ううっ……ああ……い、いくっ」

唇を振りほどき、瑠衣がいまわの声をあげた。

俊介のペニスは深々と突き刺さったままだった。

3

怒濤《どとう》の一週間をどうにかこなし、週末を迎えた。

土曜日——俊介は泥のように眠っていた。隣から、がたがたと音がした。瑠衣の部屋ではなく、空いているほうの部屋だ。

もしかして、真由が越してきたのかっ。

俊介は瞬時に目を覚まし、ブリーフの上から短パンを穿くと、ドアを開いた。ちょうど引越屋が帰るところだった。ありがとうございます、と真由が見送っていた。

ああ、タンクにショーパンっ。

道路まで見送る真由のうしろ姿を、俊介は惚けたような顔で見つめる。バイバイと白い手を振る姿がたまらない。ショーパンはかなり大胆に裾を切りつめていて、若さの詰まった尻たぼが半分近く露出していた。

真由がこちらを向いた。俊介に気づくと、白い手を振った。

俊介は、思わず振り返す。

「引っ越してきちゃいました」

と言いながら、駆け寄ってくる。真由のような美人女子大生が、この俺に手を振りつつ駆け寄ってきたのだ。

タンクトップの胸もとが弾んでいる。

「隣に越してきてくれて、うれしいよ」

童貞を卒業し、三人の女性とやっている成果が出ていた。こんな台詞《せりふ》でさえ、童貞の頃だったら言えていない。

「そう思ってもらえると、真由もうれしいです」

真由が白い歯を見せる。

真由を屋外で昼間から見るのは、はじめてだった。あのレトロな喫茶店でしか見たことがなかったからだ。なんか珍しくて、じっと見つめてしまう。

「どうしたんですか。真由の顔、珍しいですか」

気がつくと、すぐ目の前に真由の美貌があった。肌がつるんとしている。

「ああ、ごめん。いや、外で真由さんを見るのって、はじめてだなって思って」

「ああ、そうですね」

それに、剝き出しの二の腕を見るのもはじめてだ。タンクトップの胸もとが高く張っている。かなりの巨乳だと気づく。

「あら、真由さんっ、越してきたのね」

と、外階段から麗の声がした。見ると、すらりとしたナマ足が目に飛びこんでくる。

えっ、麗さんも、ショーパンにタンクっ。

麗が姿を見せた。白のタンクトップに淡いブルーのショーパンだ。ショーパンの裾は、真由と競うかのように切りつめている。

しかも、真由のバストはタンクトップに包まれていたが、麗の乳房は三分の一ほど露出していた。

あきらかに麗が色っぽい。でも、ピチピチ度では真由に軍配が。

麗と真由が並んでこちらを見る。

すらりと伸びたナマ足が四本。剝き出しの二の腕も四本。巨乳のふくらみが四つ。そして美形の顔がふたつ。

ああ、ここは桃源郷ではないのか。まさか、こんな風呂なしアパートに男の楽園があったとは。

「手伝うわ」

と言って、麗が真由の部屋に向かう。ありがとうございます、と真由も向かう。

俊介はふたりのうしろ姿を見る。

どちらのヒップも半分近く露出していた。ショーパンからはみ出た四つの尻たぼが、ぷりっぷりっと俊介を挑発している。

ああ、たまらない眺めだ。惚けたような顔で、四つのぷりぷりを見ていると、

「俊介さん、来てっ」

と、麗が手を振った。はいっ、と俊介は真由の部屋に向かう。

中に入ると、段ボールが積みあげられていた。しかもすでに、甘い薫りに包まれている。

真由の匂いだ。そこに、はやくも麗の匂いが混じりはじめている。やっぱり、肌を露出させているのが大きいのか。

真由も麗も段ボールを開き、そこから取り出している。前に上体を傾けるため、麗の豊満なバストがこぼれそうに見える。そのそばで、さっきまで見えなかった真由のバストの隆起ものぞきはじめている。

ナマ足四本の次は尻たぼ四つで、今度はバスト四つだ。

「俊介さん、ちょっといいですか」

と、真由が言う。

「箪笥を動かしたくて」

壁ぎわに箪笥が置かれている。俊介の部屋側だった。

「やっぱり、向こう側に置こうかなと思って。俊介さん、どう思いますか」

このままだと箪笥のぶん、俊介の部屋からの声は聞こえづらくなる。が、箪笥があるぶん、真由の部屋はのぞけない。

いや、そもそも、のぞき穴などないだろうし、あってものぞいてはだめだ。

「どうしたんですか」

「えっ」

気がつくと真由の顔が目の前にあった。今にもキスできそうで、ドキンとする。

「なんか、難しい顔して考えているから」

「いや……そうだなあ。確かに、向こうに置いたほうがいいかな」

ちらりと麗を見て、そう答える。

「じゃあ、そうしましょう。手伝ってもらえますか」

右端を真由が持ち、左端を俊介が持ち、箪笥を持ちあげる。

意外と軽かった。

ふたりで運んで、反対側の壁ぎわに箪笥を置いた。

それから三人で片づけをした。真由と麗の薫りはさらに強くなり、俊介だけひとり股間を疼かせていた。

「ごめん。夕方から用事があるから、ここまでで失礼するわ」

と、麗が立ちあがった。

「ありがとうございます」

と、真由が見送る。

六畳間に真由が戻ってくる。ふたりきりになると、緊張した。

「暑いですね」

「西日が入るからね」

真由がハンドタオルを出して、首すじの汗を拭う。

「なんか、お腹空きましたね。俊介さん、お昼、まだなんじゃないですか」

「そうだね」

「あのインスタントでよければ、すぐにラーメン作りますけど、食べますか」

「食べるよっ」

つい、声が大きくなる。

「そんな、インスタントですよ。作るってほどじゃないです。なんか、恥ずかしいな」

「いや、うれしいなあ」

インスタントとはいえ、女性になにか作ってもらうなんて、はじめてなのだ。

「料理じゃないですからね」

エプロン、エプロン、と言って、箪笥の引き出しを開く。あった、とタンクトップの上から花柄のエプロンをつけた。

「どうかな」

と、真由が聞く。

「似合っているよっ」

声が弾む。なんか、同棲しているみたいだ。

ありがとう、と言って、真由が頬を赤らめる。

なんだ、これはっ。いい感じじゃないかっ。

真由が台所に立った。俊介はじっとしていられず、思わず立ちあがり、台所に向かう。

真由は鍋に水を入れ、ガス台に置いたところだ。

脇から見るエプロン姿もいい。タンクトップにショーパンの上にエプロン。最高じゃないか。しかも俊介のために、真由がラーメンを作っているのだ。

インスタントだが、そんなことはどうでもよかった。

真由がラーメンの袋を開いた。鍋の中に入れる。

こちらを見た。

「じっと見ないでください。恥ずかしいです」

とは言うものの、怒ったりはしない。むしろ俊介に見られて、うれしそうだ。

麵《めん》をほぐし、スープを入れる。もうできあがりだ。

「ああ、丼っ」

と、真由が振り返り、背後のキッチン棚に手を伸ばす。俊介も、手伝うよ、とキッチン棚に手を伸ばした。

偶然、真由と俊介の手が触れ合った。

あっ、と真由と俊介は見つめ合った。俊介は真由を抱き寄せていた。身体が勝手にそう動いていたのだ。考えていては、とてもできない行動だった。

抱き寄せて、そしてキスしていた。

しまった、と思ったが、もうあと戻りはできない。お互い、唇と唇を合わせたまま、固まっていた。

が、俊介はもちろんだが、真由も唇を引かなかった。むしろ唇を重ねたまま、強くしがみついてきたのだ。

タンクトップの胸もとが、Tシャツ越しの胸もとでぎゅっと押しつぶされる。

俊介は舌先で真由の唇を突いてみた。すると、真由が唇を開いた。俊介はすかさず、舌を入れていく。

真由とベロチューっ。

真由は瞳を閉じている。うっとりとした顔をして、舌を俊介の舌に委ねている。

真由の唾液はとろけるように甘かった。

しばらく舌をからめたあと、口を引いた。

真由がはっとした表情を見せた。ちらちと俊介を見ると、頬を赤くさせて鍋を見た。

「あっ、うそっ」

鍋は沸騰していた。真由があわてて火を消す。

俊介も鍋をのぞいた。麺がどろどろになっていた。

「ごめんなさい……チューに夢中になってしまって……」

なにっ。俺とのチューに夢中になっただとっ。

「いや、僕こそ、ごめん……なんか……つい……」

「つい……」

と言って、見つめている。真由の瞳はうっすら潤んでいる。いつもの快活な真由とは違い、なんか大人モードになっている。

俺とのキスで、スイッチが入ったのかっ。俺のキスにそんな力があるのかっ。

「あの、作りなおしますね」

「いや、それでいいよ、というか、それがいいよ」

と言って、俊介はキッチン棚から丼をふたつ取り出した。

「分けて食べよう」

と言って、俊介が鍋からどろどろ麺とスープをふたつの丼に分けていった。

それを、六畳間に運ぶ。まるい卓袱台《ちゃぶだい》の上に置いた。

真由が箸《はし》を二膳《ぜん》持ってきた。これ使ってください、と一膳を渡してくれる。

差し向かいに座り、いただきます、と手を合わせて、麺を箸でつかんだ。

ずるるっと吸いあげる。

「どうですか」

「おいしいよ」

「私もおいしいです」

そうなのだ。誰と食べるのかで、おいしいかどうか決まるのだ。

「今度、また作りますね。私、料理得意なんですよ」

「うれしいなあ」

「信じてないですね」

「そんなことないよ」

スープも全部飲んで、ご馳走様でした、とふたりして手を合わせた。

それから、真由はバイトに行った。

4

俊介は携帯電話の音で目が覚めた。

上司からかっ、と思い、はっと上半身を起こし、電話を取る。ディスプレイを見て、緊張した顔がとろけた。

「真由」という文字を見ただけで、さっきのベロチューを思い出す。

「真由です」

と、愛らしい声がした。電話から聞く声は、またたまらなかった。声を聞いただけで、びんびんにさせていた。

「はい」

「あら、今まで寝てましたか」

と、真由が聞く。

「えっ、ああ、よくわかったね」

「なんか、寝惚《ねぼ》けた声だったから。真由がバイトしている間、ずっとお昼寝してたんですね。いいなあ」

と、真由が言う。

「それじゃあ、晩ご飯、まだですよね」

「まだだよ」

と言いつつ、デスクの上の時計を見る。午後七時をまわっていた。

「もうすぐ、バイトが終わるから、Sスーパーでお買い物しませんか」

「スーパーで……」

「夕ご飯の材料をいっしょに選んでください、真由が作りますから」

「えっ、作ってくれるの」

「はい。昼間のラーメンが悲惨すぎたから……はやく汚名返上したくって……俊介さんにずっと料理下手と思われるの、いやでしょう」

「そんな下手だなんて、思ってないよ」

「じゃあ、七時半にSスーパーで」

と言うと、電話が切れた。

俊介は顔を洗い、半袖《はんそで》のポロシャツを着てジーンズを穿くと、アパートを出た。

すると、ちょうど未亡人の瑠衣が帰宅するところだった。エコバッグがふくらんでいる。

「お出かけですか」

と、瑠衣が聞いた。ノースリーブのカットソーに綿パン姿だ。剝き出しの二の腕がエロい。

「はい。ちょっと……」

「お隣、越してきたんですね」

と、瑠衣が言う。

「カーテンが、引かれていたから。女性かしら。淡いピンクのカーテンだったから」

「いつも行っている喫茶店でバイトしている女子大生です」

隠すのも変だから、正直にそう言った。

「あら、本命の彼女さんかしら」

「い、いや……」

「おち×ぽのライバル出現ね」

瑠衣はそう言うと、ジーンズの股間をそろりと撫でてきた。

「あっ、瑠衣さんっ」

瑠衣はそのまま、郵便受けの前で俊介の股間をつかんでくる。

「あら、うれしいわ。私を見て、大きくさせたのかしら。やっぱり、ノースリーブが好きなのかしら」

右手に持っていたトートバッグをコンクリートに置くと、

「こういうのが好きかしら」

と言って、両腕を上げてみせた。

左右の腋の下があらわれ、俊介はあっと声をあげる。部屋で見る腋の下の数倍、屋外で見る腋の下はそそった。

「ああ、恥ずかしいわ。なんか汗ばんでいるわね」

両腕を上げたまま自分の腋のくぼみを見て、瑠衣が頬を赤らめる。

そんな瑠衣に、俊介は昂る。

瑠衣がまた、ジーンズの股間をつかんできた。

「あっ、すごい、もうこちこちね。しゃぶりたくなったわ」

「すみませんっ。あの待ち合わせしていて」

「あら、女子大生とさっそく約束しているのね。ますます、おち×ぽ、独り占めされないようにしないと」

瑠衣が強く握ってきて、ちゅっと俊介にキスしてきた。

外でのチューは刺激的で、俊介は危うく出しそうになった。


Sスーパーは駅前にあった。瑠衣の相手をしていて遅れそうになった俊介は、ダッシュで走った。

スーパーの前に、真由が人待ち顔で立っていた。

あれは俺を待っている顔なのだ。

真由はタンクトップにショーパン姿だった。すらりと伸びたナマ足が眩しい。とても目立っている。

あんなセクシーな真由を、ひとりでずっと立たせているわけにはいかない。

信号待ちしている俊介に、真由が気づいた。とびきりの笑顔となり、右腕を大きく上げて、手を振ってきた。

ああ、腋全開っ。

さっき未亡人の両腋を見て、びんびんにさせていた俊介だったが、駅前で目にする真由の腋の下は、射精ものだった。

これはもう、おっぱいを駅前でぽろりしているのと同じエロさではないのか。

真由は手を振りつづけている。ということは、腋の下が全開のままだ。

俊介側に立っている男たちはみな、真由のナマ足と腋の下を堪能しているのではないか、と気が気でない。

はやく青になれっ。真由は手を振りつづけている。そんなに腋の下をさらしてどうするっ。ああ、おっぱいも揺れているじゃないかっ。

真由を野郎どもが見ていると思うと、気が気でない。

青になった。すると、真由のほうから駆けてきた。タンクトップの胸もとが大きく弾む。今にも飛び出しそうだ。

「もう、遅いですっ」

と、真由が頬をふくらませる。

「ごめんね……ちょっと……」

「ちょっと?」

「いや、なんでもない」

当たり前だが、隣の未亡人にペニスをつかまれて動けなかった、とは口が裂けても言えない。

真由が手を繋いできた。

えっ、いいのっ。こんな公衆の面前で、堂々と手を繋いでいいのっ。

いや、真由は別にアイドルではないか。でも、これって、この男が彼氏ですよ、と言っているようなものではないのか。それとも、手を繋ぐくらいたいした問題ではないのか。手を繋いだだけで動揺している俊介をよそに、真由はスーパーに引っ張っていった。

「なにがいいですか」

と、真由が聞いてくる。

「なんでもいいよ」

「えっ、期待していないんですね」

「いや、じゃあ、肉じゃがを」

定番だが、肉じゃがに飢えてもいた。

「了解です」

と、真由が指でまるを作った。

それから、ふたりで食材を探して、次々と籠《かご》に入れていった。隣の真由からはずっと甘い薫りがして、剝き出しの肌を見せつけられつづけていることもあり、俊介はスーパーの中でずっと勃起させていた。

5

手を繫いだまま桃風荘に戻り、そのまま真由の部屋に入った。

「なにか手伝うよ」

「うれしいなあ。エプロンふたつあるから、俊介さんもつけてください」

と言って、真由が花柄のエプロンを出す。赤と青の色違いだった。

「どっちにします？」

と、胸もとでふたつのエプロンをひろげて、真由が聞いてくる。

「じゃあ、青を」

はい、と真由が青のエプロンを渡してくれる。俊介が青のエプロンをつけている前で、真由が赤のエプロンをつける。

タンクトップにショーパンの上からつけるエプロンはエロい。

俊介は思わず真由の二の腕をつかむと、引き寄せた。

「あっ……」

そのまま、唇を奪う。

真由は待っていたのか、唇を開き、俊介の舌を受けいれる。ねっとりと舌と舌がからみ合う。

俊介は勢いのまま、エプロン越しに真由の胸もとをつかむ。

「うう……」

火の息が吹きこまれてくる。

俊介は強く揉んでいく。

「あうっ、ああ……俊介さん……」

唇を引き、あごを反らして、真由が喘ぐ。

俊介はエプロンはそのままに、タンクトップのストラップをつかむと、ぐっと引き下げた。

「あっ……だめ……」

エプロンの下で、真由のバストがあらわになる。

もろ出しではないためか、だめ、と言いつつも、真由はされるがままだ。

エプロン越しに、豊満な形が浮かびあがる。乳首のぽつぽつがいやらしい。

「なんか、エロいね」

「あんっ、俊介さんがエロくさせているんですよ」

と、真由がなじるように見つめている。なじってはいるが、いやがってはいない。俊介を見つめる目が、とろんとしてきている。

今度はエプロン越しに、真由のバストをつかむ。乳首を手のひらで押しつぶす。

「あっ、あんっ……」

真由の身体が震える。かなり感度はいい。

「ああ、俊介さん……エッチすぎです……」

どうやら、エプロンをつけたままのおっぱいもろ出しが利いているようだ。

俊介はじか揉みしたくなり、エプロンの右脇から手を入れて、つかんでいく。

「あんっ、だめです……じかは、だめですうっ」

真由の乳房はぷりっとしていた。ゴム鞠《まり》のようだ。弾力に満ちて、ぐっと押しこんでも、すぐに押し返してくる。

そこを強く揉んでいく。

「あ、ああ……だめです……ああ、じかは……だめですうっ」

真由はじっと俊介を見つめたままだ。そのつぶらな瞳がじわっと潤んできている。

俊介はエプロンの左脇からも手を入れて、もう片方のふくらみもつかみ、エプロンの奥でじか揉みする。

「あっ、ああ……はあっ、あんっ……」

真由が目を閉じ、火の喘ぎを洩らす。

うっとりとした表情がセクシーだ。俊介はまた、唇を重ねる。すると、真由のほうから舌を入れて、両腕でしがみついてくる。

密着しつつのベロチューに、俊介は燃えあがる。もちろん、ペニスは鋼のようになっている。

「おっぱい、見ていいかな」

唇を引くと、俊介は訊《たず》ねる。

「だめです……」

と、真由が両腕でエプロン越しにバストを抱く。すると自分で乳首をエプロンでこすってしまったのか、

「あんっ」

と、甘い声をあげる。

「どうしたの」

「あんっ……知らない……」

真由が真っ赤になっている。

「両手を上げてみて」

「えっ……」

「万歳してみて」

「いやです……腋、見るんでしょう……俊介さんって、そんなにエッチだったんですか」

と、真由が甘にらみしている。

そんな表情もまたかわいく、そそる。

「腋はだめでも、おっぱいはいいよね」

と言って、真由のうなじに手を伸ばす。

「腋もおっぱいもだめです」

と、真由が言うなか、うなじの結び目を解くと、エプロンが、一気に下がっていった。

バストがあらわれ、だめ、と真由が両腕でもろ出しのふくらみを抱く。

真由の乳房は豊満で二の腕は細い。とうぜん、ほとんど隠しきれずに、たわわなふくらみが二の腕からはみ出す。

俊介は右の二の腕をつかむと、ぐっと引きあげた。

「あっ……」

豊満な乳房と右の腋の下が同時にあらわれる。

真由のバストは美麗なお椀形だった。そして、腋の下は美ワキだった。

「きれいだよ、おっぱいも腋も」

「ああ、恥ずかしいです……腋、見ないでください」

真由はバストを見られることよりも、腋を見られるのを恥ずかしがっている。

不思議なものだ。駅前の交差点では腋全開だったのに、あらためてそこだけを見られると、羞恥心《しゅうちしん》が増すのだろうか。

俊介は真由の右腕を上げたまま、乳房と腋の下を同時に鑑賞する。

乳首は淡いピンク色で清廉な薫りがする。腋からも、かすかに甘い薫りが漂ってきている。

「ああ……真由ばっかり、恥ずかしいです」

真由の瞳はさらにとろんとなっている。

俊介は真正面から、お椀形の美麗なバストを左右同時に鷲づかみにしていく。

「あうっんっ……」

真由があごを反らし、うっとりとした顔をさらす。

俊介はこねるように、ふたつのふくらみを揉みしだいていく。

「はあっ、ああ……ああ……」

揉みこむたびに、真由が甘い喘ぎを洩らす。

俊介はこのまま、真由のすべてを見たくなった。

乳房から手を引くと、ショートパンツのフロントボタンに手をかける。

「ああ、だめですうっ」

真由は目をとろんとさせたまま、俊介の手の甲に手を置く。でもそれはただ置いただけで、真剣に止めようとはしていない。

ボタンをはずすと、フロントジッパーを下げていく。

「ああ……真由ばっかり、恥ずかしいです……」

パンティがあらわれた。純白だった。レース素材で、下腹の陰りが透けて見えている。なかなかセクシーなパンティだった。

俊介はショートパンツを一気に引き下ろした。パンティとお腹にからまったタンクトップだけとなる。

ショーパンを引き下ろしつつ、真由の足下にしゃがんだ俊介は、パンティが貼りつく恥部に顔を寄せていく。

「ああ、恥ずかしいです……」

恥じらいの声を聞きつつ、パンティ越しに顔を押しつける。

「あんっ、だめ……」

真由が下半身を震わせる。

俊介はぐりぐりと恥部に顔面を押しつけつづける。なんとも言えないそそる匂いに顔面が包まれている。

顔を引くと、パンティに手をかけた。

「あっ、だめっ」

パンティを下げると、真由の股間があらわれた。恥毛は薄く、縦溝が剝き出しになっている。

割れ目だけ見ると、処女のようだが、そんなの俊介に判定できるはずがない。

かといって「処女？」と気軽に聞くわけにもいかない。

ここは開いて見るしかない。二十歳の女子大生の神秘の扉を。

俊介はぴっちりと閉じている真由の割れ目に手をかける。

「だめっ」

と叫び、真由がしゃがみこんだ。

「もう、ずるいっ」

と言うと、綿パンのフロントボタンに手をかけてくる。

「俊介さんも、見せてください」

と言って、綿パンを下げていく。ブリーフがあらわれた。とうぜん、もっこりしていて、先っぽが当たっているところは染みになっている。

「えっ、出したんですかっ」

「いや、違うよ。出してないよ」

「でも、染みが……」

と言って、染みの部分を撫でてくる。それは、ブリーフ越しとはいえ、先っぽを撫でることを意味していた。

「あっ……そこ……」

俊介の鎌首もかなり敏感になっていた。いや、真由に撫でられているからだろうか。

「感じるんですか」

真由の目がきらりと光る。そして、強めに撫ではじめる。

「あっ、ああ……」

俊介は腰をくなくなさせる。ブリーフはもうパンパンだ。

「なんか、苦しそう。楽にしてあげますね」

と言うなり、真由がブリーフをまくった。

と同時に、びんびんの魔羅が弾けるようにあらわれた。

「えっ、うそっ」

真由は目をまるくさせて、腰を引いた。

「はじめてかい」

ここぞとばかりに、処女かどうか聞く。

「は、はい……はじめて見ました……」

やっぱり処女だ、と心の中でガッツポーズを作る。

「すごく大きいですね。こんなもの、真由の中に入るのかな」

興味深そうに反り返ったペニスを見つめる。

「入れたこと、ないんだよね」

と、処女かどうか念押しする。

「ないですよ。こんなもの入ったら、痛いですよ」

「濡らしていれば、大丈夫だよ」

「あの、触っていいですか」

と、真由が聞く。いいよ、と答えると、真由が右手を伸ばしてくる。反り返っている胴体をつかんだ。

それだけでも気持ちよくて、俊介は腰をくねらせる。

怖《お》ずおずとつかむ感じがたまらない。

「硬いですね。すごく硬い」

「そうだね」

「ああ、これって、真由を見て、真由のおっぱいを見て、真由を脱がせて、大きくさせているんですよね」

「そうだね」

「なんか、うれしいです」

と、真由が言う。そして偶然か、裏スジを撫でる。

「あっ……」

と、声をあげ、先走りの汁をどろりと出す。

「ああっ、出ましたっ。もう、出したんですかっ」

「我慢汁だよ」

「そうなんですね。我慢しきれなくて、漏らしたんですね」

「まあ、そうかな」

漏らしたというと情けないが、まあ間違いではない。

真由は裏スジを撫でつづける。意識しているとは思えないから偶然だろうが、これも女の本能か。

「ああ、また出てきました」

そう言うと、真由がすうっと愛らしい顔を寄せて、ぺろりと我慢汁を舐めてきた。

「あっ……」

完全に不意をつかれ、俊介は素っ頓狂な声をあげる。真由はそのまま、ぺろぺろと舐めつづける。

するとゝ、あらたな先走りの汁が出てくる。

真由は舐めながら、俊介を見つめている。タンクトップをお腹に残しただけの、ほとんど裸の状態で、真由が俊介を見ながら舐めているのだ。

これで興奮しない男はいないだろう。とうぜんのこと、舐めても舐めてもあらたな汁が出てくる。

「もう、お漏らししすぎですよ」

と言うなり、真由がぱくっと先端を咥えてきた。

第五章　桃の湯パラダイス

1

「ああっ」

と、俊介は声をあげた。かなり大きな声で、もしかしたら、まわりの部屋に聞こえたかもしれない。

俊介の敏感な反応に煽られたのか、真由はそのままくびれまで咥えると、吸いはじめた。

「あ、ああっ、それ……」

本当に、勃起したペニスを見るのは、はじめてなのだろうか。

そんなふりをしているだけではないのか。いや、そんなふりをする必要がないだろう。

うじうじ考えている間に、真由は反り返った胴体まで咥えはじめる。

「う、うう……」

ちょっと苦しそうな顔をしつつも、根元まで呑みこんでくる。

「ああ、真由さん……そんな……」

奈津や瑠衣に咥えられるのとは、まったく感覚が違う。

やっぱり、いっしょに買い物したからか。真由とはこのまま、つき合いたいと思っているからか。

真由はすべて呑みこむと、どうかしましたか、という目で俊介を見つめている。

「気持ちいいよ、真由さん」

そう言うと、真由が頬張ったまま、にこっと笑う。

そして頬を窪めると、じゅるっと吸いあげてくる。

「あ、ああ……」

やはりフェラは、はじめてじゃないぞ。いや、はじめてのはずだ。

真由はくびれまで引きあげると、また根元まで咥えてくる。

「うんっ、うっんっ」

と、悩ましい吐息を洩らしつつ、真由は俊介のペニスに刺激を与えてくる。

あまりに刺激的で、俊介はこのまま真由の口に出しそうになる。口内発射っ、と思った瞬間、出そうになり、あわててペニスを引く。

「あんっ……」

真由の鼻先で、唾液まみれのペニスが跳ねる。

「どうしたんですか、すごくあわてて」

と、真由が不思議そうな表情を見せる。

「いや、あんまり気持ちよくて、出そうだったんだ」

と、正直に答える。

「えっ、出そうって……ザーメンを出すってことですか」

と、真由が目をまるくさせる。

「真由さんの口に出すわけにはいかないだろう」

「えっ……いえ、いいですよ」

と、真由が言う。

「えっ、いいのっ。でも、フェラ、はじめてだよね」

と、心配ごとを訊ねる。

「はじめてです。俊介さんが感じているのを見ていると、なんかお口に力が入っちゃって……ああ、迷惑でしたか」

「まさか、迷惑だなんて。気持ちよかったよ。最高だよ。だから、出そうになったんだ」

「そうなんですね。私、フェラテクありそうですか」

「あるよ。すごくあるよ」

「うれしいな」

真由はまた、にこっと笑うと、先端にちゅっとキスしてくる。それだけでも、暴発しそうになり、

「ううっ」

とうめきつつ、腰を引く。

「どうしたんですか。真由のお口に出していいですよ、俊介さん」

まさか、真由から口内発射オーケーをこんなにはやくもらえるとは。

「いいのっ。なんか、どばって出るよ」

「うん」

と、真由はうなずく。

真由の口に出せると思うと、どろりと大量の我慢汁が出た。

「もう」

と言って、真由が咥えてくる。

鎌首まで咥えると、強く吸ってくる。

その瞬間、俊介は吠えていた。

「おうっ」

と、桃風荘を震わせるような雄叫びをあげて、放っていた。いや、ぶちまけていた、真由の口に。

「おう、おうっ」

脈動するたびに、俊介は吠えた。吠えつつ出していた。

真由は噴射の勢いに驚いたような表情を浮かべたが、口を引くことなく、受けつづけている。

「う、うぐ……」

興奮度マックスで、なかなか脈動が鎮まらない。

真由は唇を引かない。大量に出すぎて、唇の端からザーメンがあふれはじめる。それを見て、俊介はますます興奮する。脈動が止まらない。

やっと鎮まった。真由は咥えたままでいる。どうしていいのかわからないのかもしれない。

俊介のほうからペニスを引いていく。鎌首の形に開いた唇からどろりとザーメンがあふれてきて、真由があわてて手のひらで掬う。

「そこに、ぺっと出して」

と、キッチンのシンクを指さす。

真由は唇を閉じて、いやいや、とかぶりを振る。吐くのはいやだということだろうか。いや、と言われても、吐くしかないだろう。奈津や瑠衣ではないのだ。飲めないだろう。

「ここに出して」

と、シンクを指さす。真由が立ちあがった。

ぺっと出すと思ったが、違っていた。

俊介を見つめつつ、ごくんと喉を動かしたのだ。

「えっ、飲んだの」

うん、と真由はうなずく。

「不味《まず》かっただろう」

俊介は飲んだことはないが、不味いに決まっている。

「ううん……」

と、かぶりを振るも、不味そうな表情をしている。

「だって、せっかく俊介さんが出してくれたものを、吐くなんて、ありえないでしょう」

「真由っ」

と、呼び捨てにして唇を奪う。まだ、口の中にザーメンが残っているかもしれないが、関係なかった。

キスせずにはいられなかった。

真由の口の中は、すでに甘かった。ねっとりと舌をからませる。

「ああ……なんか、すごくお腹が空いちゃいました……ご飯、作りましょう」

そう言うと、真由はお腹にからまったままのタンクトップを脱ぎ捨て、裸の上からエプロンをつけた。

「真由……」

「俊介さん、こういうの好きかな、と思って……」

裸エプロン姿を披露して、真由は真っ赤になっている。

「好きだよ。大好きだよっ」

真由が好きなのか、裸エプロン姿が好きなのかわからなくなる。

どっちも好きなのだ。好きな真由が裸エプロンになっているから、ますます好きなのだ。

「じゃがいもの皮を剝くの、手伝ってください」

鍋に水を入れて、火を点けつつ、真由がそう言う。

裸エプロン姿に見惚れている俊介は返事をしない。横から見る、裸エプロン姿は最高だった。横乳が素晴らしい。

「俊介さんっ、聞いてますかっ」

「あっ、ああ……そうだね……僕もエプロンつけるね」

そう言うと、俊介は綿パンとブリーフを脱いだだけではなく、Tシャツも脱ぎ、裸になって、その上からエプロンをつけようとする。

「えっ、俊介さんも裸エプロンするんですか」

「そうだよ」

と言って、裸にエプロンをつける。すると、真由が笑いはじめる。

「変かな……」

女性の裸エプロンはセクシーだが、どうやら男の裸エプロンは違うようだ。

「ううん。変じゃないです……そのままがいいです」

と言って、真由が庖丁を手に、じゃがいもの皮を剝きはじめる。

「俊介さんは、これを使ってください」

と、皮むき器を渡してくれる。真由は庖丁を使って、器用に皮を剝いている。

俊介もじゃがいもの皮を剝きはじめるが、真由の裸エプロンが気になって仕方がない。

バストは豊満ゆえに、エプロンの胸もとは高く張っている。バストの形はもろわかりで、なんといっても乳首のぽつぽつがいやらしい。

乳首を見ようと思えば、横から見ればいい。横からだと、ヒップはまる出し。すらりと伸びたナマ足も堪能できる。

それでいて、いちおう裸ではない。乳首も尻も見えるが、裸ではない。

真由は手際よくじゃがいもの皮を剝くと、にんじんの皮も剝き、カットしていく。タマネギも刻むと、お湯が沸いた鍋の中に入れて、煮はじめる。

「煮えるまで待ちましょう」

「じゃあ、待っている間は」

と言って、背後にまわると、エプロン越しにバストをつかむ。

「あんっ……」

これは予想していたのか。驚くことなく、バストを揉ませる。

すぐにエプロン越しではじれったくなって、脇からじか揉みする。

やっぱりじか揉みがいい。若さが詰まったふくらみをこねるように揉んでいく。

「あんっ、やんっ……だめですうっ」

真由は敏感な反応を見せる。裸エプロン姿でじゃがいもの皮を剝いて、かなり感じているようだ。

あそこはぐしょぐしょかも。そう思うと、待ちきれない。

俊介はバスト揉みをやめると、しゃがんだ。ヒップの狭間から前へと指を進めていく。

「えっ、なに……」

これは予想してなかったのか、真由があわてる。

指先が蟻の門渡りを進む。すると、あんっ、と敏感な反応を見せる。そんななか、指先が割れ目に到達した。

指先を忍ばせていく。

「えっ、待ってて、待ってください」

指先がわずかに入った。先端に湿り気を覚える。

俊介はそのまま指先を、真由の中に入れた。

「えっ、だめですっ……」

真由の中は想像以上にぐしょぐしょだった。

「すごく濡らしているね」

と、思ったままを口にしてしまう。

「えっ、うそっ……濡らしてませんっ」

いやそうにしてはいるが、逃げたりはしない。割れ目の入口あたりを、俊介の指に委ねている。俊介も処女膜が怖くて、指をこれ以上、侵入させたりはしない。万が一、指で破ったら、取り返しがつかなくなる。

奈津、瑠衣、麗と三人の女性と経験してきたが、すべて女性主導であった。

今回のように俊介主導は、はじめてなのだ。調子に乗って、ち×ぽ以外で破ったら、まずい。やはり、真由の処女膜は俺のち×ぽでしっかりと突き破りたい。

奥に入れられないから、入口あたりを指先でいじるだけになる。

それでも感じるのか、

「ああ……はあっ……あんっ……」

と、甘い喘ぎ声を洩らしはじめる。なにより指先を窮屈な穴が締めてきていた。

締められると、もっと奥まで入れたくなる。

思いきって、指を穴の奥に突っこみたくなる。

まずい。このままだと、指で処女膜を破ってしまう。

俊介のほうから指を抜いた。

そうだ。舐めるのなら、いいんじゃないか。

俊介は真由の細い腰をつかむと、こちらに向かせる。エプロンの裾をたくしあげると、下腹の割れ目があらわれた。

2

「あんっ、だめです」

真由がエプロンの裾を下げようとする。

俊介はその前に、割れ目に指を添えるとくつろげた。

ピンクの花びらが開帳する。

「おうっ」

俊介は感動と感激にうなった。

「開かないでください」

「きれいだよ、真由。すごくきれいだよ」

まさに穢《けが》れを知らないというのは、こういうものを言うのではないのか。

花びらはピュアなピンク色。まったく濁りがない。それが、にじみ出た愛液でしっとりと潤んでいる。

いつまでも見ていられる眺めだ。

「ああ、ああ……恥ずかしいです……」

実際、真由の花びら自体が、恥じらうようにきゅきゅっと収縮している。

その動きを見ていると、この穴になにか突っこみたくなる。

気がついたときには、人さし指を入れていた。それを、真由の穴が締めてくる。

「すごくきついよ、真由」

「ああ、だって……はじめてだから……ああ、指、はじめてだから……」

「うれしいよ」

はじめて、という言葉はなんて素敵なのだろうか。

俊介はちょっとだけ前後に動かしてみる。

「あっ、あんっ……」

真由が敏感な反応を見せる。痛がってはいない。気持ちよさそうだ。あらたな愛液がにじんでくる。と同時に、股間を直撃するような匂いが花びらから醸し出してくる。

「真由っ」

俊介は思わず、そのまま顔面を無垢《むく》な花びらに押しつけた。

鼻が花びらにぐにゅっと埋まる。

俊介はそのままぐりぐりとこすりつける。まさか、これで処女膜が破れたりはしないだろう。

「あ、ああ……そんな……ああ、顔でなんて……ああ、恥ずかしすぎますっ」

真由の下半身ががくがくと動く。ガス台から、がたがたと鍋の蓋《ふた》の音がして弾ける。

「ああ、鍋が沸騰しているっ」

真由が身体の向きを変え、鍋の蓋を開く。残念ながら、俊介の顔面から真由の花びらが消えた。

俊介はじゃがいもの煮え具合を見ている真由のヒップに顔面を押しつけていく。

「あんっ、だめです」

裸エプロンで料理をしている彼女に、エッチな邪魔をするのが、俊介の夢だった。こんな形で夢が叶《かな》うとは。

とうぜんのこと、ペニスはびんびんになっている。

「じゃがいも煮えましたっ。みりんと醬油《しょうゆ》を入れます」

と言って、スーパーで買っておいたみりんと醬油を真由が入れる。その間も、俊介はヒップに顔面をこすりつづけている。たんなるエロおやじ化している。

これは仕方がないのだ。真由の裸エプロン姿は、どんな紳士もエロおやじに変えてしまうのだ。

「肉、入れます」

と、さらに肉を投入する。

俊介は立ちあがると、再びうしろからぷりぷりの乳房をつかみ、揉んでいく。

「あ、あんっ、やんっ」

肉を鍋に入れつつ、真由が火の息を吐き、ぴんぴくんと裸体を動かす。

豊満な乳房はしっとりと汗ばんでいて、真由の剝き出しの肌全体から甘い体臭が放たれている。

真由がガスの火を消した。

「これで一度冷やします。味がぐっと染みこみますから」

俊介はまったく聞いていない。バスト揉みに集中している。

「しばらく待ちます。待ち時間、どうします」

と言って、真由がこちらを向いた。反り返ったペニスをつかむ。

「ど、どうしようか」

料理の邪魔をするのに興奮したが、いざ、どうするか、と面と向かって聞かれると、緊張する。もう、あとはやるしかない。でも、肉じゃがに味を染みこませる間の時間に、初体験というのはどうなのだろう。

真由は反り返ったペニスをしごきつつ、潤んだ瞳を向けている。

これは待っているのか。今、入れていいのか。

思えば今、真由の花びらは潤っている。裸エプロンで興奮して、感度も良好だ。

むしろ、今しかないのでは。

「真由……」

名前を呼び、唇を奪う。すると真由が両腕を伸ばし、しがみついてくる。エプロン越しにペニスを強く押してくる。

今、入れていいか、と聞きたいが、あまりに野暮だと思った。でも今、積極的に出て、料理中に初体験なんて最低っ、と言われるかもしれない。

でも、真由はねっとりと舌をからめつつ、ペニスに股間を押しつけている。

行くしかないっ。入れるしかないっ。

俊介は唇を引くと真由の手をつかみ、台所を出る。真由は俊介のペニスをつかんでくる。

六畳間につく。お互いを見つめ合いつつ、畳に膝をついた。

すると、真由がうふふと笑った。

「えっ……どうしたの……」

「だって、エプロン、裸エプロンのままだから」

真由の裸エプロンはセクシーだったが、やはり俊介の裸エプロンは笑いを誘うしかないのだ。

俊介はエプロンを取ると真由のエプロンにも手をかけ、引き剝いだ。

畳の上で、お互い素っ裸になると、緊張が走る。

真由から笑顔が消える。誘うような、すがるような、なんとも言えない目で、俊介を見つめている。

その目に、俊介は昂る。真由の肩をつかむと、押し倒していく。

真由が擦りきれた畳に仰向けになる。

俊介はぴっちりと閉じている真由の両足をつかみ、ひろげていく。

「あ、ああ……」

恥ずかしそうな息を吐くものの、乳房も下腹の割れ目も隠さない。すべてを俊介にさらしている。

両足を開くと、俊介は間に入った。

ペニスはずっと反り返ったままだ。真由とのエッチを前にしても、緊張で縮むことはない。やはり、奈津、瑠衣、麗との経験が生きている。

ありがとうっ、奈津、瑠衣、麗っ。

俊介はこの瞬間のために、これまで三人の女性とエッチして経験を積んできたのだと思った。

先端を割れ目に当てる。すると真由が、両手を伸ばしてきた。

「キスしながら……おねがい……」

と、真由が言う。キスしながら、となると、入口を確認できないぞ、と思ったが、俊介は先端を割れ目に当てた状態で、上体を倒していく。

胸板で乳房を押しつぶしつつ、唇を寄せていく。

すると、真由が両腕を俊介のうなじにまわしてきた。強く唇を押しつけ、舌を入れてくる。

「う、うんっ、うっんっ」

今までにない、濃厚なベロチューとなる。

真由はキスに没頭することで、破瓜の緊張をやわらげようとしているのだろう。

それはわかるのだが、キスしていると、入口を見られない。

今、鎌首は割れ目に触れている。このまま、押しこめばいいはずだ。

「うっんっ、う、うんっ」

真由からのベロチューがさらに熱くなってくる。乳房も真由から強く押しつけてくる。とがった乳首が押しつぶされるのか、ああ、とベロチューしつつ、火の息を吹きこんでくる。

入れるしかない。今だっ。

と、俊介は腰を突き出す。

一発でめりこめばよかったのだが、はずしてしまった。

何度か突くものの、連続ではずしてしまい、そうなるとあせりが先立ち、ますますはずす。

その間も、真由とベロチューは続けている。

鎌首を恥部に押しつけるたびに、真由の裸体がぴくっと動く。俊介以上に緊張しているのだ。ここは、社会人の俊介がリードしなくてはならない。

スマートにキスしながら入れたかったが、あきらめた。ここは泥臭く、しっかり入口を確認しつつ、遂行するのだ。

俊介は口を引いた。唾液が名残惜しそうに糸を引く。

俊介は恥部を見た。鎌首は割れ目の横にあった。的はずれのところを突いていたのだ。

口を引いたとき真由は、どうして、というように見つめていたが、今は瞳を閉じている。じっとその瞬間を待っている。

3

俊介はあらためて鎌首を割れ目に当てた。そして、そのままぐっと押した。

割れ目が開き、野太い鎌首を呑みこみはじめる。

「う、うう……」

真由がはやくも、つらそうに眉間に縦皺を刻ませる。
ここで怯《ひる》んではだめだ。一気にものにするのだ。
俊介は腰を突き出していく。すると、ずぶりと鎌首がめりこんだ。
「ううっ」
真由の苦悶のうめきを聞きつつ、俊介は鎌首を進める。
先端に、薄い膜を感じた。
これだっ。これが、処女の膜だっ。
俊介は一気に突き破った。
「痛いっ……」
真由の声を聞きつつ、窮屈すぎる穴に埋めこんでいく。
破ったぞっ。真由の処女膜を破ったぞっ。
俊介は心の中でガッツポーズを作った。
真由の裸体全体にあぶら汗が噴き出し、甘い体臭が立ち昇ってくる。
俊介は感激に浸りながら、ぐぐっと埋めこんでいく。
「う、うう……うう……」
真由はかなりつらそうだが、そのままえぐっていく。

真由の女陰はぴたっと俊介のペニスに貼りついている。奥に行くほど穴は狭く、えぐるような動きになる。

「うう、痛いっ」

「大丈夫かな？」

「大丈夫……うれしいです……俊介さんを……中で感じられて、うれしいです」

眉間に深い縦皺を刻ませながらも、真由が健気に笑顔を作ろうとする。

そんな真由を見て、俊介はなぜか奥までえぐる。

「あうっ、痛い……」

強張《こわば》った笑顔が、苦悶の表情に変わる。

が、そんな真由に、俊介はさらに昂る。

「ああ、大きくなってます……真由の中で……ああ、俊介さんのおち×ぽ……ああ、もっと大きくなってます」

「気持ちいいからだよ」

「ああ、真由も気持ちいいです……」

「痛いだろう」

「ううん。痛いけど、気持ちいいです」

おま×こが、きゅきゅっと締まる。

「おま×こも、気持ちいいって言っているよ」

「うそ……」

と言って、真由が笑う。眉間には縦溝を刻ませたままだ。

「すごく締めてくるよ」

「本当ですか。真由のお、おま×こ、気持ちいいですか」

「気持ちいいよ。最高だよ。さっき口に出してなかったら、もう出していたよ」

「だめっ」

と、真由が言う。

「出したら、終わりなんでしょう」

「ま、まあ、そうかな……」

「まだ、終わりなんて、いやです。ずっとこのままがいいです」

それは俊介も同じだ。ずっとこのまま真由の中に入れて、締められたままがいい。が、ただ入れているだけでも、かなりの刺激を受けている。しかも、真由の裸体から立ち昇りつづけている甘い体臭が、股間にびんびん来ている。

「キスして……入れたまま、キスしてください、俊介さん」

と、真由がキスをねだる。

俊介は真由の女陰に包まれながら、上体を倒していく。汗ばんだ乳房を押しつぶすと、あっ、と声をあげつつ、強烈にペニスを締めてくる。

「ううっ……」

と、俊介はうなる。

「痛いですか」

「まさか。気持ちよすぎるよ」

「よかった……」

笑顔を見せる真由の唇を奪う。

すると、真由が火の息とともに舌をからめてくる。

「うんっ、うっんっ」

俊介の舌を貪ってくる。さっきまでとは、処女のときとは舌遣いが変わっていた。たった今、処女膜を破られたばかりだから、変わるわけがない気がしたが、やはり違っていた。

女になっていた。

このまま中に出したら、ザーメンまみれにさせたら、どう変わるのだろう。

「あっ、また大きくなった……」

「中に出したら、と思ったから……」

「いいですよ……」

と、真由が言う。

「えっ……」

「このまま中に出して、いいですよ」

「でも、真由……はじめてで中出しなんて……」

「欲しいの。真由、俊介さんのザーメン……中に欲しいの」

「ああっ、真由っ」

感激のあまり出しそうになり、俊介はあわてる。まだ一度も突いていない。入れただけだ。

「突くよ」

「はい……」

俊介はゆっくりと動きはじめる。

「い、痛い……」

真由が泣きそうな表情を浮かべる。それを見て、やめようとは思わなかった。

もっと突いてやれ、と思ってしまう。

俊介はそのまま突いていく。極狭の穴をえぐっていく。

「う、うう……痛い……」

真由がすがるような目を向けている。その瞳は潤んでいる。涙か、感じているのかわからない。

「大丈夫？」

腰を動かしつつ、聞く。

「うん。もっと突いて……もっと感じさせて……」

すがるような目を向けつつも、真由はそう言う。

俊介は腰を動かしつつ手を伸ばすと、突くたびに揺れている乳房をつかむ。そして、ふたつのふくらみをこねるように揉んでいく。

「あ、ああ……ああ……クリも……いっしょに……」

なるほど、そうか。クリトリスこそ急所じゃないか。

俊介は真由の教えに従い、右手で乳房を揉みしだいたまま、左手を結合部分の上に向ける。そしてクリトリスを摘まむと、ころがした。すると、

「はあっ、あんっ」

と、いきなり真由が肉悦の声をあげた。やはり、クリは急所だった。

真由が喜んでくれるのはよかったが、おま×この締めつけがさらにきつくなった。気を抜くと、すぐに暴発しそうになる。できれば、もっと感じさせてからいきたい。

「ああ、ああっ……俊介さんっ」

俊介は乳房を揉み、クリトリスをいじりつつ、抜き差しを続ける。

また真由がすがるような目を向けてきたが、さっきまでとなにか違うような気がした。

「真由、ああ、真由……変なの……」

「変……って、もしや……いきそうってことっ」

「わからないけど……あ、ああっ、変になりそうなんですっ」

「いっしょにいこう、真由っ」

「ああ、いきたいですっ、俊介さんといっしょにっ、真由、いきたいですっ」

俊介は極狭の穴を突きつづける。

「あ、ああ……ああっ……真由……真由……ああ、いきそうですっ。ああ、いっしょにっ……ああ、俊介さんも真由といっしょにっ」

「いっしょにいくよっ、真由っ、いっしょにいくよっ」

俊介はとどめを刺すべく、渾身の力で真由のおま×こを突いた。

「ひいっ……」

と、真由が叫び、汗ばんだ裸体をがくがくと震わせた。おま×こも強烈に締まり、俊介は、

「おうっ」

と吠えた。どくどくと凄まじい勢いで、ザーメンが噴き出す。

「い、いく……」

と、真由が短く告げた。

真由が俊介を見つめる。キスしてほしそうにしている。俊介はなおも射精しつつ、上体を倒すと、真由の唇に口を重ねていった。すると、火の息が吹きこまれてくる。

真由はしっかりと抱きつき、上の口で俊介の舌を貪り、下の口で俊介のペニスを締めつづけた。

気がついたときには、脈動が鎮まっていた。

抜こうと動こうとすると、

「だめっ、このままで……」

　と、真由が言う。

「ずっとこのままで……」

　真由を見ると、涙を流していた。

「真由……」

「ありがとう、俊介さん」

　と、真由が礼を言う。

「いや、こっちこそ、ありがとう。はじめてなんだ」

「えっ……」

「い、いや、はじめての女の人とは、はじめてなんだ……」

「ああ、そうなんですね。うれしいです、真由がはじめての女性で」

　それから、またキスをして抱き合った。

　しばくすると、縮んだペニスがおま×こから押し出されるように抜けた。

「あっ……」

「出たね」

「お腹、空きましたね」

そう言うと、真由が起きあがった。割れ目から大量のザーメンがどろりとあふれてくる。

真由はティッシュを数枚手にすると、股間に当てて、裸のまま台所に向かった。

俊介もうねる尻たぼに誘われるように台所に向かう。真由が肉じゃがの味見をしていた。素っ裸で味見をする真由に、はやくもペニスが反応する。

「いい感じに染みこんでます」

肉じゃがを食べつつ、真由が笑顔を見せる。

「味見しますか」

と聞いてくる。もちろん、とペニスを揺らしつつ近寄ると、真由が箸で崩した肉じゃがを取り、俊介の口もとに持ってくる。

「ああん」

と言ってくる。

たまらないっ。彼女があぁんしてと出す手料理を味見できるなんてっ。しかも、彼女は全裸なのだ。

「肉じゃが、味が染みてますよ」

「そうだね」

これ以上の幸せはこの世にあるだろうか。

とうぜん俊介はああんした。あほ面をさらしつつ、ぱくっと肉じゃがを食べた。

「どうかな」

と、真由が見つめている。

「おいしいよ」

おいしかった。おいしくなくても、もちろん、おいしいと答えるつもりでいたが、実際、おいしかった。

「よかった」

「もっといいかな」

と、ああんとあほ面をさらす。すると、真由が肉じゃがを口に入れると、恥じらいの色に染まった顔を寄せてきた。

恥じらいつつも、大胆に口移しをしてくれる。

真由の口にあった肉じゃがが、俊介の口に移される。

うまいっ。この世にこれ以上うまい肉じゃががあるだろうか。

「ああ、おいしいよっ」

と、裏返った声をあげる。

「そんなにおいしい？」

「おいしいよっ」

うふふ、と笑い、また真由が肉じゃがを頬張り、唇を重ねてくる。再び、口移しで肉じゃがを食べる。

「お味噌汁《みそしる》、作るね」

と言って、真由がネギを刻みはじめる。裸のままだ。

美しくも、エロい。真由が全裸でネギを刻んでいる姿を見ているだけで、もう勃起を取り戻していた。

お湯に味噌を入れて、豆腐を入れる。

そんな真由を見ながら、俊介はびんびんにさせていた。

「できあがり」

そう言って俊介を見た真由が、あら、と声をあげた。

「もう、そんなになって……」

「なんか、裸で味噌汁を作っている真由を見てたら、こうなったんだ」

「そっちはあとでね」

と言って、真由がご飯を茶碗によそった。

それから、ふたりで晩ご飯を食べた。まるいテーブルを囲んで、俊介も真由も裸のまま、ご飯を食べた。人生で最高の晩ご飯だった。

4

「俊介さん」

隣で、麗の声がした。どうやら、俊介の部屋のドアをノックしているようだ。

真由が、どうしますか、という目で見つめている。

「いないのかしら」

もう一度ノックしたあと、真由の部屋のドアがノックされ、そして、ドアが開かれた。

入口から一直線に奥の六畳間が見える。こちらから、タンクトップにショーパン姿で立っている麗が見えると同じように、麗からも全裸で座っている俊介と真由が見えていた。

「あら……」

麗が目をまるくさせた。

「はやいわね。俊介さん、意外とやるのね」

そう言うと、お邪魔します、と麗が上がってきた。

「えっ、うそ……」

真由がとっさに乳房と恥部を両腕で隠す。俊介はそのままだ。

「あら、ご飯中だったのね。ごめんなさいね、お邪魔して。さっき、男の人の吠える声が聞こえたんだけど、あれは俊介さんだったのね」

そう言いながら、麗が俊介の隣に座った。

「勃たせて食べているのね」

と言って、こんなときなのに、反り返っているペニスをつかんでくる。

「うう……」

俊介はうめく。

「銭湯に誘いに来たんだけど、あとでふたりで行くわよね」

「行きます。今から行きます」

と、真由が言う。

「あら、いいのかしら」

「はい。麗さんといっしょに銭湯、行きたいです。だから、桃風荘に越してきたんです」

真由は麗のことも好きなのだ。

「あら、うれしいこと言ってくれるわね」

じゃあ、食べたら、呼びに来て、と言うと、麗は去っていった。

「ばれちゃいましたね……エッチしたこと……」

と、真由が言い、舌を出す。

「そ、そうだね……」

「俊介さん、麗さんともエッチしているんですね」

「えっ……ど、どうして……」

「だって、俊介のおち×ぽ、握っていたじゃないですか。俊介さんも握らせていたし……」

「ご、ごめんね……」

「ううん」

と、真由はかぶりを振る。そして、こちらにやってくると、真由からキスしてきた。舌をからめつつ、ペニスを握ってくる。

「う、うう……」

俊介はうめく。

「麗さんとはもうエッチしないですよね」

ペニスをしごきながら、そう聞いてくる。

「もちろんしないよ……真由だけだよ」

「本当ですね」

「もちろんだよ」

真由は唇を下げると、反り返ったままのペニスの先端に舌をからめてくる。

「あうっ……」

真由の目つきが処女のときとはあきらかに変わっている。ザーメンを子宮に受けて、あきらかに女になっていた。

「信じますよ」

「うん」

「麗さんとしたら」

唇を大きく開くと、鎌首をがぶっと嚙んできた。

「ひいっ」

と、俊介は素っ頓狂な声をあげていた。

晩ご飯を食べ終え、ふたり裸のまま並んで食器を洗うと、いったん俊介は自室に戻った。隣同士は便利だ。すぐに自室に戻れる。が、その反面、プライバシーはなしに等しい。

あたらしいブリーフを穿き、Tシャツに短パンを穿いていると、ドアがノックされた。

ドアを開くと、真由と麗が立っていた。真由が麗を呼びに行ったようだ。真由もタンクトップにショーパンだった。麗と競うかのように、裾をかなり切りつめたものを穿いている。

すらりと伸びたナマ足が四本、俊介の前に並んでいる。バストも高く張っている。麗のほうは少しナマ乳が露出している。

このふたりのおっぱい、どちらも揉みまくっているんだ、と思うと股間が疼く。

「あら、なにをそわそわしているのかしら」

と言って、麗が短パンの股間に手を伸ばしてきた。真由の前で、むんずとつかんでくる。

「あっ……麗さんっ……」

「やっぱり、エッチなこと考えていたのね。真由さんと私と三人でしたいと思ったんでしょう」

「えっ、そんなこと、思っているんですかっ」

と、真由がにらんでいる。

「そんなこと、思ってないよっ」

「うそっ。じゃあどうして、真由さんと私を見ただけで、こんなにさせているのかしら」

そう聞きながら、麗はびんびんのペニスを短パン越しに動かしている。先端がブリーフにこすれ、ああ、と思わず、女のような声をあげてしまう。

「エッチなことばかり考えているんだから。困ったおち×ぽね」

さらに麗が動かしつづける。

「あ、ああ……」

真由の目の前で、俊介は腰をくねらせつづける。

すると隣のドアが開き、瑠衣が出てきた。

「あっ……」

瑠衣はロングTシャツ一枚だった。未亡人らしい熟れ熟れの太腿が、あらわになっている。

「こんばんは……」

と、瑠衣が挨拶してくる。麗は股間を握ったままだ。

「これから、桃の湯に行くんですよ。いっしょに、どうですか」

と、麗が誘った。

「私もこれから行くところだったんです」

と、瑠衣が言う。

えっ、そんなエロいかっこうで、銭湯まで行くのか。いくら近いとは言っても、ロングTシャツ一枚はまずいだろう。

俊介の視線に気づいたのか、

「ショーパン、穿いていますよ」

と言って、瑠衣がロングTシャツの裾をつかむと、引きあげた。

パンティが見えるかとあわてたが、ショーパンを穿いていた。Tシャツの長い裾で隠れていただけだった。

「俊介さん、もしかして……」

と、真由が疑いの目を向けている。瑠衣ともしていることがばれたのか。

「あら、俊介さん、もうお隣さんと……さっきの雄叫びは俊介さんだったのね」

と、瑠衣が言い、なじるような眼差《まなざ》しを向けてきた。

「やっぱり……瑠衣さんとも……」

「行きましょう」

と、麗が真由の右手を取り、歩きはじめる。すると瑠衣が真由の左手に並び、手を繋いでくる。真由は瑠衣の手もしっかりと握った。

なんてことだ。

目の前に六本のナマ足が並んでいる。ふたりのショーパンに包まれたヒップはぷりっと盛りあがっている。瑠衣の尻はロングTで見えないが、Tシャツ越しにうねりがうかがえる。

この六本の足の持ち主たちみんなと、俊介はエッチしていた。

3P どころか 4P を想像してしまい、歩けないくらいびんびんになる。実際、遅くなっていた。

麗が振り返った。

「遅いよ。おち×ぽ大きくさせすぎて、歩けないのね」

「そうなんですかっ」

と、真由も振り向き、非難の目を向けている。

「いや、違いますっ」

あわてて追いつこうとするが、先端がブリーフに強くこすれて、危うく暴発しそうになる。

エッチしている三人のナマ足を見て暴発してしまったら、最大の恥だった。

俊介は暴発しないように耐えて、三人に追いついた。


桃の湯についた。

「あら、いらっしゃい」

と、四人目の奈津が迎える。

「あら、女性陣が豪華ね。あなた、あたらしい入居者ね」

桃風荘の回数券をもらい、奈津が真由に笑顔を向けている。

俊介は脱衣場でTシャツを脱ぎ、短パンを脱ぐ。ブリーフから鎌首がはみ出ていた。

「すごいわね。おち×ぽ、はみ出しているわよ」

奈津が女性陣にも聞こえるように、大きな声でそう言う。

「ヘンタイっ」

と、向こうから三人の女たちの声がする。

俊介はブリーフを脱ぐと、奈津から逃げるように、勃起させたままのペニスを揺らしつつ、男湯に入っていった。

湯船に入ったが、勃起が鎮まらず、出るに出られない。洗い場には、三人の先客がいた。

壁の向こうに今、麗、瑠衣、真由がいっしょに湯船に浸かっていると思うと、三人それぞれの裸が脳裏に浮かび、勃起が鎮まらない。

麗、瑠衣、そして真由が乳房を揺らしつつ、入れて、と俊介に迫ってくる。どうしたらいいのだろうか。入れる穴が三つもあるが、ち×ぽは一本しかないのだ。それに、俊介は真由が好きなのだ。麗も瑠衣も好きだが、真由には恋愛感情を抱いている。

このまま、真由とつき合いたい。真由とつき合うということは、麗や瑠衣、そして奈津とはエッチしないということだ。

あの三人の誘惑を拒むことができるのだろうか。麗も瑠衣も奈津もエロエロボディでエロエロテクの持ち主なのだ。

「出るわよっ」

と、女湯から麗の声がした。結局、俊介は湯船に浸かったままで、身体を洗うことなく出た。

「あら、まだ大きくさせているのね。でも、たまっているからじゃないわね。新しい子ができて、びんびんなのね」

と、奈津が話しかけてくる。

俊介は身体を拭き、ブリーフを穿こうとするが、勃起しすぎて、まったく収まらない。

どうにか無理やり押しこみ、服を着ると桃の湯を出た。

麗、瑠衣、真由の三人が待っていた。

三人とも、お湯で肌をピンク色に染めていた。なんといっても、洗い髪がセクシーで、三人並ぶと、見ているだけで目眩を起こしそうだった。

「喉、渇いたわ。真由のお店に行きましょう」

と、麗が言い、瑠衣も誘う。

湯あがりの美女三人と俊介。三人の剝き出しの肌から石鹸の匂いがしてくる。

商店街を歩く通りすがりの男たちがみな、美女三人組を見ている。

まさか、いっしょに歩いている俊介が、三人ともやっているなんて想像すらしないだろう。そもそも連れとも思っていないかもしれない。

特に、ロングTシャツ姿の瑠衣に男たちの視線が集まる。ロングゆえに、やっぱり下半身はパンティだけでは、と思わせてしまうのだ。

レトロ喫茶に入った。奥のボックス席が空いていた。

差し向かいに麗と瑠衣、そして俊介の隣には真由が座る。

なんかすでに、公認カップルみたいになっている。隣から、甘い匂いがかすかに薫りはじめる。

ウエートレスがやってきた。

「あら、真由さん」

と、ウエートレスが真由を見て、目を輝かせる。

「新しく入ったバイトの子です。私の大学の後輩です」

ということは、大学一年で十八か十九だ。

「奈々《なな》といいます」

と、新しいウエートレスが頭を下げる。なかなかかわいい。

「今、みんなで桃の湯に行ってきたのよ」

「なんか、回数券があるんですよね」

「そう。これね」

と、真由が桃の湯の回数券を奈々に見せる。

「いいなあ。銭湯代はただなんですよね」

奈々も賃貸組みなのか。すでに桃風荘のことを、真由が話しているようだ。

そうよ、と真由がうなずく。

「奈々さんも、アパート住まいなのかしら」

と、麗が聞く。

「はい。真由さんの話を聞いて、桃風荘、いいなって思って。でも今、満室なんですよね」

「そうね。でも、私の隣の部屋が空きそうかもよ」

「そうなんですかっ」

と、奈々の目が輝く。

「お隣、三十代の男性が住んでいるんだけど、近々結婚するかもって……だから、そのときは引っ越すと思うよ」

「そうなんですね」

もしかして、近いうちに奈々も桃風荘の住人になるのか。

真由、麗、瑠衣に、奈々まで加わるっ。

俊介は股間をむずむずさせて、新しいウエートレスを見ていた。

5

みなでアイスクリームを食べて桃風荘に戻り、郵便受けの前で解散となった。

みな、おやすみなさい、とおのおのの部屋に入る。

俊介は布団を敷き、寝っ転がるとダブレットでネットを見はじめる。

すると、ドアがノックされた。その音を聞いただけで、一気に勃起させる。

真由だとは思うが、もしかして麗か、それとも瑠衣か。麗や瑠衣だとまずいぞ。

ああ、なんてことだ。モテ男すぎないかっ。

布団から起きあがる前に、ドアが開いた。するりと真由が入ってくる。真由は着がえていた。ロングTシャツ一枚だ。

まさか、あの下はパンティだけっ。

「来ちゃいました」

と言って、まっすぐこちらに向かってくる。

俊介の目はロングTシャツの裾からあらわなナマ足に向いている。

「着がえたの？」

「これ、パジャマです」

「なるほど」

「それに、こういうの、俊介さん、好きかなって思って。さっき、ずっと瑠衣さんを見ていたから」

「えっ、いや……」

そんなにじろじろロングTシャツ姿の未亡人を見ていたのか。

「今夜、いっしょに寝ていいかな」

と言いながら、真由が抱きついてきた。そのとき、Tシャツの胸もとの揺れを見て、見て、ノーブラだと気づいた。ロングTシャツにばかり気を取られていて、ノーブラに気づかないとは。

抱きつかれたまま、布団に押し倒される。

真由からキスしてくる。女になって、積極的になっている。ぬらりと舌を入れてくる。すると、瞬く間に勃起する。

キスしつつ、真由が短パンの股間をつかんでくる。

「あっ、すごい。そんなにこのかっこう好きなんですね」

「好きだよ」

Ｔシャツの中が気になって仕方がない俊介は、上に乗っている真由のＴシャツの裾をつかむと、たくしあげていく。

「あんっ、だめですうっ」

と言いつつ、逃げない。太腿がつけ根まであらわれ、そしてパンティがあらわれた。ブルーのちっちゃなパンティだ。

「いつも、こんなエッチなかっこうで寝ているんだね」

そう聞きながら、パンティの脇から指を入れて、クリトリスを摘まむ。

「あんっ、だめです」

真由が甘い声をあげる。すると隣から、

「はあっ、あんっ」

と、泣き声が聞こえてきた。真由の声を凌駕するような、大人の喘ぎ声だ。

「えっ……なに……」

「ああっ、あんっ、おち×ぽ、欲しい……ああ、おち×ぽ、欲しいのっ」

瑠衣がち×ぽを欲しがっている。恐らく、のぞき穴に向けて、おま×こを突き出しているだろう。

「もしかして、瑠衣さん……」

俊介は起きあがると壁に向かい、穴を指さす。

「えっ……うそ……」

真由が興味津々といった顔で、のぞき穴をうかがっている。

「おち×ぽ、入れてっ」

「あっ、お、おま×こが……」

俊介はこちらに向けて突き出されているヒップからパンティを毟《むし》り取ると、前の穴に指を入れていった。真由のそこは、すでにどろどろだった。

「おち×ぽ、欲しいです」

と、穴をのぞきつつ、真由もねだってくる。

俊介は短パンとブリーフを脱いだ。びんびんのペニスが弾け出る。

俊介はその先端を、真由の前の穴へと向けていく。蟻の門渡りを鎌首が通過するだけで、

「ああ、おち×ぽっ」

と、口にする。すると、壁の向こうから、

「瑠衣もおち×ぽ、欲しいのっ」

と、甘い声がする。そんな声を聞きつつ、俊介はバックから真由の中にペニスを入れていく。

「うう……」

真由の穴が鎌首を強烈に締めてくる。

「おち×ぽ、入ったのっ」

隣の瑠衣と、そして真上の麗に聞かせるように、真由が叫んだ。

＊この物語はフィクションです。同一名称の固有名詞等があった場合でも、実在する人物や団体とは一切関係ありません。

イースト・プレス
悦文庫

桃色の街で

八《や》神《がみ》淳《じゅん》一《いち》

２０２３年９月22日　第１刷発行

企　画　松村由貴（大航海）
発行人　永田和泉
発行所　株式会社 イースト・プレス
〒１０１-００５１
東京都千代田区神田神保町２-４-７久月神田ビル
電　話　０３-５２１３-４７００
ＦＡＸ　０３-５２１３-４７０１
https://www.eastpress.co.jp

印刷製本　中央精版印刷株式会社
ブックデザイン　後田泰輔（desmo）

ISBN978-4-7816-2241-5 C0193